내 심장의 중심,
마지막 친구에게

내 심장의 중심, 마지막 친구에게

발행일	2016년 3월 11일		
글쓴이	김 영 주		
펴낸이	손 형 국		
펴낸곳	(주)북랩		
편집인	선일영	편집	김향인, 서대종, 권유선, 김예지
디자인	이현수, 신혜림, 윤미리내, 임혜수	제작	박기성, 황동현, 구성우
마케팅	김회란, 박진관, 김아름		
출판등록	2004. 12. 1(제2012-000051호)		
주소	서울시 금천구 가산디지털 1로 168, 우림라이온스밸리 B동 B113, 114호		
홈페이지	www.book.co.kr		
전화번호	(02)2026-5777	팩스	(02)2026-5747

ISBN   979-11-5585-707-6 03810(종이책)   979-11-5585-981-0 05810(전자책)

이 도서의 국립중앙도서관 출판예정도서목록(CIP)은
서지정보유통지원시스템 홈페이지(http://seoji.nl.go.kr)와
국가자료공동목록시스템(http://www.nl.go.kr/kolisnet)에서 이용하실 수 있습니다.
(CIP제어번호 : CIP2016006328)

성공한 사람들은 예외없이 기개가 남다르다고 합니다.
어려움에도 꺾이지 않았던 당신의 의기를 책에 담아보지 않으시렵니까?
책으로 펴내고 싶은 원고를 메일(book@book.co.kr)로 보내주세요.
성공출판의 파트너 북랩이 함께하겠습니다.

내 심장의 중심,
마지막 친구에게

김영주 시집

북랩 book Lab

행복한 빛의 화가 르누아르는 검은색 물감은 사용하지 않았다고 합니다. 자연의 온전한 빛을 담기위해 물감과 물감을 섞어 검은 빛을 창조 했다고 합니다. 선과 포름을 명확하게 그려, 작품구성에 깊은 의미를 쏟아 부어, 눈부시게 빛나는 색채 표현, 활기차고 포근한 붓 터치는 행복한 빛이 담겨있습니다.

르누아르는 인생도 우울한데 그림까지 우울할 필요가 있을까, 하여 그림 작품에 우울 빛 보다는 봄날의 꿈같은 따뜻한 빛이 담겨있습니다.

이번 시집은 르누아르의 빛으로 가는 길, 행복, 사랑, 우정, 삶, 가족, 자연, 우주, 사람, 슬픔, 공허, 우울, 이별, 웃음, 희망, 믿음 등등의 빛을 담아보았습니다.

처음, 첫 장을 마주하는 아련한 설레임 속에서 마지막 장을 닫는 그 순간까지 미소가 입가에 스르르 번지며 잔잔한 감동이 푸릇하게 전해졌으면 좋겠습니다.
행복한 빛줄기가 마음 안에 곱게 머물 수 있었으면 좋겠습니다.

● 차례

내 심장의 중심,
마지막 친구에게

지혜로운 시간이여! 고요히 흘러다오

나는 의지와, 기지와, 판단이
지혜로운 이지적인 사랑이 좋다

기억되는 시간이여! 잔잔히 흘러다오
내가 시간의 물결 속에서 진실을 볼 수 있을 때
이지적인 입술로 너의 눈동자에 입맞춤 하리다
너의 영혼을 내 가슴에 담는 것만으로도
행복했다 말하리라
내가 시간의 태동 속에서 진리를 알 수 있을 때
순결한 입술로 너의 심장에 입맞춤 하리다
너에게서 나의 사랑이 태어났다 말하리라

영혼이 하나 되는
지혜로운 시간이여! 고요히 흘러다오
영혼이 성숙해진
풍성한 사랑이여! 운명으로 안겨다오

김영주 시집

15
내 심장의 중심, 마지막 친구에게

생을 아는 정신의 열매

분수의 움직임처럼 제한된 시야 속에서
수줍음에 눌린 슬픈 환영이 길동무 되어준다
입을 가져다 대어도
혀끝으로 닿지 않는 붉은 포도주는
고독으로 묶인 사랑에 대한 떨떨한 반응이다
서쪽 언덕에서 자라나는 나무의 자손
멈추어진 대기의 흐름 속에서 공중비행을 하며
미련한 번뇌를 버리는 법을 알려준다
믿어왔던 사랑의 원칙 급히 세워
팽창된 기억의 반짝이는 원리와
소멸된 감정의 인식에 쏟아 부으련만
쓸쓸함만이 막힘없이 모세혈관 사이를 지나간다
뉘우치는 계절 속에 잠든
죽은 새들의 무덤가에 충고의 소리 들려온다
흘러간 내 삶은 돌아보지 말라 한다
내가 무심히 보낸 오늘은

어제 죽어간 누군가의 간절한 오늘이었다 한다

나무의 자손, 바스락바스락 소리

정신의 열매 맺지 못한 통곡 소리

죽은 새들의 무덤을 헛되지 않게 덮어주며

자기 몫의 다해야 할 시간을 알려준다

근본을 이어나가는 생각에 산소를 공급해주는 시간

부패해가는 심장에 향수를 주는 시간

비탄에 젖은 땅에 영양을 주는 시간

눈 감은 별들도 길잡이 되어간다

죽어간 새들도 다시 조용히 날개를 편다

많은 시간을 기울이지 않아도

전생의 기억들이 따라붙어

특별히 주어진 통찰력으로 시선이 움직인다

거친 물줄기를 거슬러 모천으로

돌아가는 연어처럼

나무의 자손은 땅으로 되돌아간다

내 심장의 중심, 마지막 친구에게

회귀하는 찬란한 삶을 찬미하며

초원의 하늘에게 꿈의 손짓만을 남기며

기다리던 흙의 중심에서 햇살과 마주하며

진주 알처럼 빚어내는 봄날의 씨앗으로 익어가며

생을 아는 정신의 열매로 노래한다

고독으로 묶인 사랑은

설레 이던 처음으로 되돌아 가라 한다

허망 된 갈망으로 빈곤해진 마음은

땅 위에서 이슬로 씻어내며 호흡 하라 한다

자귀나무

눈을 감아봅니다
나뭇잎 사이로 들려오는 바람 소리가 좋습니다
푸르른 물방울이 서서히 가슴으로 뛰어오르듯이
가슴속에 촉촉한 평화로움이 스며듭니다
근심의 시간은 멈추어지고 아늑한 빛이 흐르는 심장 속에
잔잔한 사랑이 젖어옵니다
세상에서 가장 맑은소리로 울려 퍼지는 생명의 노래로 남
아 줍니다
그 노래는 어느새 고요한 낙원으로 데려가 줍니다

손을 내밀어 봅니다
나무의 가장 높은 곳에서 명주실처럼
곱게 엮어진 사랑으로 모든 행복을 알고 있다는 듯이
아름다운 자태로 고운 실타래를 풀어
화사한 우산처럼 피어난 꽃은 서서히 날아와 심장 속에
애틋한 사랑이 물들어 옵니다

초록 잎사귀에 매어달려
예쁘게 엮인 운명으로 온 하늘을 맞게 하는
세상에서 가장 아름다운 생명의 주머니로 남아 줍니다
그 주머니는 어느새 싱그러운 천국으로 데려가 줍니다

입을 맞추어 봅니다
같은 하늘 아래 함께 할 수 있다는 것만으로도
달콤한 꿈을 꿀 수 있다는 듯이
밤이 오면 어김없이 초록 잎들은 서로 마주 보고 잠을 청
합니다
어루만져 주는 운명의 몸짓은 심장속으로 스르르 감겨와
찬란한 사랑이 쏟아집니다
안아 주는 숙명의 마음은 세상에서 가장 고귀한 사랑으로
남아 줍니다
그 사랑은 어느새 행복한 우주의 품으로 데려가 줍니다

김영주 시집

21
내 심장의 중심, 마지막 친구에게

깊숙한 뿌리가 있는 영혼의 기도

당신이 내미신 문이

좁은 문이라 할지라도 그 문을 선택하겠습니다

겨울바람의 허기 속에서

시립도록 뼈가 울어대더라도

가느다란 햇살에 제 몸을 녹여

가슴에 사랑으로 남겨진 당신 이름 부르며

꽃 구름 타고 건너오는 은하수처럼

하얀 그리움으로 좁은 문으로 들어가겠습니다

'사랑' '사랑' '사랑'

도무지 어찌 멈추어야 할지 모르던

마법에 걸린 주문은

'사랑' '사랑' '사랑'

온종일 쏟아나던 중얼거림은

어느새 제 가슴에 깊숙한 뿌리가 있는

영혼의 나무가 되었습니다

제 눈앞에 보이는 넓은 문에서

평화로운 새들이 들어오라 노래하며

정다운 눈빛 건네 오더라도

당신이 기다리고 계신 곳

오래 참고 인내해온 순수한 문으로 들어가겠습니다

사랑만이 영원한 생명이 있습니다

당신이 존재하는 곳에만 영원한 천국이 있습니다

당신의 이름으로 저의 이름으로 영원한 복음을 기도드립

니다

내 심장의 중심, 마지막 친구에게

맑은 종소리처럼 울려 퍼지는
깊숙한 믿음의 뿌리가 있는 사랑의 기도는
세상 한 귀퉁이에
가장 아름다운 풍경소리가 됩니다
운명의 여신을 미소 짓게 하는 행복한 전설이 됩니다

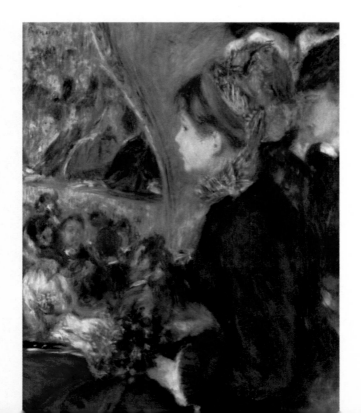

내 마음을 크게 열리게 해준
사랑스런 그대의 생일

우주의 선한 빛으로 아름답게 다가오는 그대
푸르른 가을 햇살을 품고 따뜻이 웃는 그대

은빛 천사로 내 가슴으로 내려앉은 그대
찬란한 무지개를 타고 왔나요?

너그러운 미소를 담고 내 심장으로 가까이 날아오는 그대
두둥실 나뭇잎을 달래서 왔나요?

가을빛이 쫓아오는 향기로운 그대,
사랑빛이 흘러오는 한결같은 그대

그 누구보다 나를 날마다 따스하게 해주는 소중한 그대
그 누구보다 나를 날마다 행복하게 해주는 고마운 그대

가을꽃들도 사랑 풍경처럼 흩날리며

애틋한 향기 뿜는 오늘은

그대와 나! 함께, 행복해하며
우리네 마음의 건반을 더욱 따뜻이 노크하는 오늘은

서로를 다시 태어나게 해준 오늘은
하루 종일 크게 웃고 싶은 오늘은

내 마음을 크게 열리게 해준
사랑스런 그대의 생일

내 심장의 중심, 마지막 친구에게

우리네 삶이 때로는 막막할지라도 두려워하지 마라
진정 멋진 사람은 두려움을 부셔버리고 웃는 사람이다
친구여! 너는 이 사실을 몰라도 된다
내가 이겨 낼 수 없는 두려움은
너 안에 존재했던 나를
너 가 잊어버리는 것, 그것이 두려울 뿐이다
우리네 삶이 때로는 울컥거릴지라도 슬퍼하지 마라
진정 멋진 사람은 슬픔을 이겨내고 웃는 사람이다
친구여! 너는 이 사실을 몰라도 된다
내가 참아낼 수 없는 슬픔은
너를 매일 웃게 해주지 못한 것
그것이 슬플 뿐이다
우리네 삶이 때로는 거짓으로 물들지라도
후회하지 마라
진정 멋진 사람은 후회를 벗어내고 웃는 사람이다
내 심장의 친구여! 너는 이 사실을 몰라도 된다

내가 후회하지 않는 것이 있다면 너를 만난 것
그것만이 후회 없을 뿐이다
나지막이 너를 불러본다
내 중심의 친구여!
이 땅에서 숨을 쉬고 있는 동안
형언할 수 없는 두려움, 슬픔, 후회가
찾아온다 하여도
너 곁에 두지 말아야 한다
그 사실만은 기억해다오!
제일 커다란 두려움과 슬픔과 후회는
죽은 자들의 몫일 것이다

내 심장의 중심의 친구여!
이생에서 더 슬프지 않게
살아 있는 동안 너답게 웃어다오

내 심장의 중심의 마지막 친구여!

이생에서 더 아프지 않게

살아 있는 동안 너답게 사랑하며 살아다오

한 페이지의 슬픔이 전부의 슬픔이 된다

나뭇잎은 무엇의 이름으로 흩날리고 있는가?
겨울바람은 무엇에 그토록 조바심을 쳤던가?
상처받은 흔 잎의 흔적으로 울어대었던 것인가?
오직, 빛에 애착했을 뿐인가?

내 영혼의 책은
시간을 기억하는 나의 체온
겨울이 놓고 간 얼음 물병은 나의 심장이다
화답 없이 갇혀버린 빙하 속에
기억의 알갱이들과 마주하는 순간
세상의 가장 무서운 공허가 몰려온다

내 영혼의 음악은
추억을 더듬어 보는 나의 손짓
피아노 위에 하얀 건반은 단단히 얼어버려
반짝이지 않는다

검은 건반만이 침울한 공간 속을 떠다닌다

내 영혼의 시계는
마음을 기록하는 나의 눈빛
그늘진 시곗바늘도 추위에 떨며 흐느낀다
벽에 누워버린 검은 액자 속 고요한 빛
저, 빛을 데리고 와
내 몸에 칭칭 감아 보아도
눈을 감을 때, 흘러내리는 풍경만이
가슴으로 서려온다

전편과 후편이 같을 수 없는
내 영혼의 책, 내 영혼의 음악, 내 영혼의 시계
어느 순간이 인생의 전부가 되듯이
한 페이지의 슬픔이 내 전부의 슬픔이 된다

내 심장의 중심, 마지막 친구에게

수줍은 거짓말 고통스런 가슴속 말

슬픔을 수놓은 가슴 언덕의 별도
아프게 떨어지는 빗방울 소리도
물안개처럼 살포시 떨리듯 감겨오는 그대도
사랑했다. 사랑했다. 사랑했다.
딱 10초만 심장이 '쿵'
수줍은 거짓말을 행복하게 당신에게 속삭여 봅니다

고독을 칠하는 거미가 된 내 모습도
꽃잎 물고 반짝이며 날아오는 나비도
모노 빛으로 서늘히 멀어져 가는 그대 뒷모습도
사랑한다. 사랑한다. 사랑한다. 심장이 '쿵 쿵 쿵'
진실 된 가슴속 말을 고통스럽게 당신에게 외쳐봅니다

김영주 시집

당신이란 사람은

당신이란 사람은
누군가의 가슴속에 담겨 있는
가슴 아픈 책 한 줄을 지워준 사람이다
영혼의 심장에 사랑의 고리를
채우게 한 사람이다

당신이란 사람은
누군가의 허물어진 마음의 집에
태양의 집을 짓게 하는 사람이다
인연이란 소중한 울타리에
기적 꽃을 피우게 한 사람이다

별이여!

달이 사라진 밤하늘에
별은 애절한 표정으로 슬픈 눈빛으로
반짝이네요
별이여! 당신은 그것을 알고 있군요
밤하늘에 별과 달이 함께할 때
더욱 아름답다는 것을요

별이여! 당신은 그것을 아시나요?
먹구름들은 별과 달을 허락지 않더라도
서로가 서로를 닮아버린 그 소중한 빛
아무런 의미가 없을지라도 참을 수 있는
슬픔이지요
별이여! 당신은 믿지 않겠지만
저는 저를 믿을 수밖에 없어요

제가, 당신에게 알리는 그 순간의 모든 것
제가, 당신에게 표현하는 그 순간의 메시지

별이여! 당신에게 보내는 믿음은
저의 뜨거운 입맞춤
별이여! 당신에게 보내는 소망은
저의 간절한 포옹
별이여! 당신에게 보내는 사랑은
저의 진실 된 눈빛

별이여! 공허한 눈물이 햇빛에 반짝이는 날에
우리 하늘 아래에서 공기와 물로 만나
꿈처럼 기쁨의 날개 달고
하늘로 다시 아름답게 날아오르리오

내 심장의 중심, 마지막 친구에게

나비구름

사랑을 잃고 슬퍼하는 이들을 위하여
나뭇잎이 피는 것처럼
사랑을 잃고 울고 있는 이들을 위하여
구름은 자연스럽게 서로가 서로에게서
흩어져 간다

풍성했던 마음을 비우듯이 가난한 눈빛으로
하늘의 태양에게 작별 인사를 건네며
부드러운 흐느낌으로 사랑의 의식을 치르는
따뜻함을 남기며
구름은 나비처럼 날아간다

바람보다 더 빨리 날아가 버린 나비구름
하늘은 슬픈 몸짓을 가리고 누워있는
차디찬 얼음 바다처럼 철렁철렁 거린다
꽃보다 아름다운 눈물을 젖게 한
나비구름 때문에 바르르, 바르르 떨면서

하늘은 점점 두껍게 얼어져 간다

하늘을 사랑으로 색칠하며
포근히 앉아있던 기억들은 나비구름에게
도무지 아파서 숨을 쉴 수 없는 이별의 통증을 불러온다
눈가에 후두둑, 후두둑, 눈물 같은 이슬이 고이며
검은 아픔의 덩어리들이 몰려오게 한다

하늘을 떠나고서 알게 된
소중한 사랑의 진실에 슬프게 도취해 간다
사랑을 잃고 슬퍼하는 이들을 위하여
검은 비가 온다
사랑을 잃고 울고 있는 하늘을 위하여
나비구름은 아픔을 쏟아 낸다
하늘을 떠나고서 알게 된
깊은 사랑의 진실에 슬프게 도취해 간다

내 심장의 중심, 마지막 친구에게

백일홍

비바람이 몰아쳤기에 구름이 쪼개지고
달이 피해 준 하늘의 슬픈 정원에
푸르른 영혼의 눈망울로 그대란 꿈을 그려요
언젠가는 꿈이 저를 쫓아오겠지요
문득, 살포시 눈을 뜬 햇살 속에서 저를 보며 그대가 웃네요
아! 백날의 기도처럼 꿈이 피었어요
지금 이 순간 백번 말해도 모자란 단 한마디
지금 이 순간 백번 눈빛 마주해도 모자란 단 한마디
그대에게 내 맘속 전해주고 싶은 언어가 피었어요
"사랑해요."
맑은 눈으로 순수히 속삭이며 피었어요
제 심장을 그리고 제 애달픈 몸짓을 하고
제 앞에 기적처럼 그대란 사랑 꿈이 활짝 피었어요

39
내 심장의 중심, 마지막 친구에게

푸른 꽃

수많은 상실과 재생의 뿌리

반복되는 슬픔과 우울의 줄기

쓰라린 눈물과 진실된 기쁨의 잎

지상의 천국으로 가는 열쇠가 무엇인지

알고 피어나는 한 송이 꽃은

성숙해진 바다색으로 물들어간다

가장 어린 천사의 눈빛으로

변덕스러운 안개 자욱한 지상의 치안과 피안을

생생히 초월해 나가며 탄생한다

상처란 물질을 허락하며

겨울비 닮은 우울한 거울을 안고

우주의 운명적 에너지에

의존하려는 마음에서 해방하며

온전히 자신의 의지로

홀연히 헤쳐나가며 푸르게 온몸을 장식한다

자상 끝, 어딘가에서 흘러나오는

불가사의한 관계의 빛,

신비의 생명의 소리에

귀 기울이며,

어린잎의 자세를 바꾸어간다

고통과 환희의 무게를

투명한 웃음으로 조율하며

여유로이 생명의 균형을 잡아간다

초점을 잃은 시간의 그림자에

어떤 대답도 바라지 아니하며

단지, 푸르게 침착된 꽃잎만이

자신의 상쾌한 답이라 한다

심해의 영역인 푸른 시대

첫눈에 반해버린 빛과

첫눈에 슬픔을 알아버린 어둠

그 둘 사이를 신의 음성으로 통과해내며

내 심장의 중심, 마지막 친구에게

봄비 내리는 지상에
가장 아름다운 푸른 꽃으로 담대히 피어난다

언젠가는 달걀이 발로 걸어가듯

나는 당신에게 희망이 되어 걸어갈 것입니다

*계란 우주, 평행 우주, 우주의 생존 지침서

내 사랑 다 할 때까지

온순한 추억이 느닷없는 격렬한 기쁨의 것을
선물해 주었습니다

마지막 희망의 조각들을 붙들며
못다 한 사랑의 느낌 찾아
그대와 함께 걷던 길을 걷습니다

우리의 이야기를 듣고 있던 나무
우리를 지켜보던 담쟁이 넝쿨
우리를 반겨주던 빨간 우체통

행복한 울림이 자아내며
활짝 어깨를 편 미동의 삶을 향한
웃음 진 호흡이 되살아났습니다

그날의 그대 안에 따뜻한 호흡이 남아
그날의 내 안에 포근한 호흡이 남아
행복으로 장식한 투명한 꽃으로
선물해 주었습니다

펼쳐진 사랑이 있는 풍경은 삶의 기쁨입니다
가슴속에서 그 무엇으로도 지워지지 않는 추억은
삶의 행복입니다

내 그리움 다 할 때까지 그대를 기억하겠습니다
내 사랑 다 할 때까지 그대를 (!!!)하겠습니다

내 심장의 중심, 마지막 친구에게

46
김영주 시집

마음의 나침반

내 사랑의 마음아!
믿음이란 평화의 창문을 열어 두자
우리가 한 살 한 살 나이가 늘어나듯이
거친 날에는 햇빛 들어오는 창가에
마음을 뽀송하게 말려주자
더욱 부드럽고 착해진 사랑으로 마주하자

내 사랑의 마음아!
너를 가리키며 너에게로 향하는
진정한 내 사랑의 떨림 들리니?

내 사랑의 마음아!
존재하는 사랑
존재하는 행복
진정한, 내 사랑의 의미를 너는 아니?

내 심장의 중심, 마지막 친구에게

내 사랑의 마음아!
사랑만이 축복된 길을 안내하듯이
끝까지 떨어지지 말고
행복한 마음 안고 함께 걸어가자
우리네 마음의 나침반은 서로가 서로에게
끝까지 사랑의 길을 밝혀주자

슬픔과 슬픔 사이의 하얀 그리움

아! 나의 작은 빛
아! 나의 큰 어둠

떠오르는 아린 눈망울이 나를 데려간 곳
내 서글픈 고뇌가 잠긴 영혼의 방이라네

아! 잊지 못한 기억이 우네
아! 해결하지 못한 근심이 우네

황량한 영혼이 쌓아올린 두려운 벽
지구의 자전에 죽음보다 안타까운 신음으로 전율하네

슬픔과 슬픔 사이의 불빛은 어둡네
기억과 기억 사이의 등불은 어둡네

내 심장의 중심, 마지막 친구에게

살을 파고드는 눈물이 떨어지네
시간에 묻혀 검은 흙덩어리 되어가네

아! 작은 빛 속에서
아! 큰 어둠 속에서
잊을 수 없는 눈망울만이 하얀 그리움 되어가네

정복하고 싶은 심장의 별

정복하고 싶은 심장의 별
천만년 단위의 축복된 빛의 속도로
내 가슴에 떨어진다

처음부터 믿어왔던 내것이었다는 듯이
처음부터 존재했던 사랑이었다는 듯이
처음부터 타오르던 끌림이었다는 듯이
내 심장에 안아본다

이제껏 본 적이 없는 사랑스런 별
이제껏 느껴본 적이 없는 아껴주고 싶은 별

싱싱히 반짝이며 웃을 수 있게
찬란히 소곤대며 빛날 수 있게

처음부터 이 별이 영원한 사랑이었다는 듯이
나는 푸르른 하늘이 되어본다

내 심장의 중심, 마지막 친구에게

아름다운 사랑은

아름다운 사랑을 받아 본 사람은
아름다운 사랑이 끝난 후에도
아름다운 사랑에 물들인 탓에
아름다운 사랑에 젖어든 탓에
다음 사랑에게 아름다운 사랑을 가르쳐 주게 되지요

아름다운 사랑은
누군가에게 사랑을 받는 즐거움보다
진실한 사랑을 가르쳐주는 것입니다
우리가 이 세상에서 마지막까지 해야 할 일은
누군가에게 사랑으로 기억되는 사람으로
한 폭의 그림 같은 인생을 선물하는 것입니다
제가 당신을 아름답게 사랑을 하고 싶고
제가 당신을 아름답게 사랑을 하려 하는 이유는

단지 내 소망으로 당신이 행복하길

바라기 때문입니다

단지 내 사랑으로 당신이 누군가를

사랑하게 될 때

아름답게 사랑하길 바라기 때문입니다

(그 누군가가 참 마음으로, 내가 된다면 참, 좋겠습니다)

내 심장의 중심, 마지막 친구에게

박수치는 나비

투명한 진공을 가르고
한 다발의 눈길을 끄는
보랏빛 나비 한 마리

잡히지 않는 구름에게
수줍은 손짓을 하며
두 팔 벌려
우주를 안듯이
날개를 펴고 박수를 친다

언덕 저편
아름다운 색채와 약속이나 한 듯이
낭만을 노래하며
오래 참아온 순수한 흩날림으로
하늘에 두 개의 무지개를 그린다

맹목적으로 사랑했던 얼굴 그리며
돌아가고 싶은 봄날을 그리며
오래 참아온 눈물 흘리며
작은 몸짓으로 힘차게 박수치는 나비

내 심장의 중심, 마지막 친구에게

일어나세요! 사랑스런 그대여!

일어나세요! 사랑스런 그대여!
그대의 눈 속에 가득한 단잠보다 좋은
촉촉한 입맞춤 해 줄게요

일어나세요! 어서 일어나서
자랑해 주세요
"나는 세상에서 가장 아름다운 것과 마주했노라고."
그것이 아침을 즐겁게 눈 뜨게 하는
유일한 기쁨이고
최고의 행복이라고
외쳐 주세요
어여, 위대한 저의 꿈인 그대
어여, 일어나서 마주할 수 있게 해 주세요

일어나세요! 내 하나뿐인 그대여!
그대의 귓속에 세상 그 어떤 소리보다 맑은

"사랑해요."

말해 줄게요

내 심장의 중심, 마지막 친구에게

동화 같은 사랑에 빠지다

노을이 깊이 잠기면
그리움이 덩달아서 춤을 추는 바다가 있다

그리움의 눈물은 사랑으로 흐르면서
바다는 가슴에 멈출지 모르는 사랑을 만들면서
바다는 사랑하는 바다에게로
부드럽게 흘러간다
기다려온 바다와 바다는
조용히 서로를 포옹한다

공기와 햇볕에 윤기를 얻은 사랑의 바다는
거짓말처럼 노을 속으로 사라진
사랑의 숨결이 다시 바다에 흐른다

같은 시간에, 같이 마음을 고치는
바다와 바다는

서로가 잠들기 전에도 가슴에 사랑을 담아
꿈속에서도 못 잊을 사랑인 것처럼
서로를 만져준다
깊어가는 사랑을 찬미하며
행복한 맛을 내 뿜으며
서로에게 입맞춤을 한다

함께하는 행복으로
거대한 영광의 힘으로

바다와 바다는
무엇으로도 지울 수 없는
동화 같은 하나의 사랑의 바다가 된다

사랑해요

사랑해요

오늘은 딱 일 초만 콩닥 콩닥

사랑해요

내일은 딱 이 초만 두 근 두 근

사랑해요

오늘도 내일도 딱 영원히만 알 콩 달 콩

사랑을 나누는 것은

바람이 우주에 숨이듯
영혼에 생명을 불어넣는 숨결로
감각적이고 역동적인
진실한 사랑의 원천으로
생기를 불어 주는
자신만의 예술적인
사랑의 나눔이어야 한다

고귀한 사랑의
아름다운 정신으로
자연의 숨결처럼 순수하고
거룩한 사랑을 창조하며
서로에게 행복한 기운을 불어넣는
사랑의 나눔이어야 한다

사랑을 나누는 것은

내 심장의 중심, 마지막 친구에게

울지 마세요! 당신은 나의 영웅입니다

그리운 당신의 맑은 노래는
언제나 제 가슴에 젖어 있어요
눈부신 당신의 밝은 눈빛은
잠든 꿈속에서라도 제 귓속에 스며있어요

울지 마세요
슬퍼하시나요? 나의 영웅

그리운 당신의 모습은
지지 않는 태양으로 제 가슴에 떠오르며
뜨거운 빛으로 흘러요

울지 마세요! 저는 당신을 느껴요
슬퍼하시나요? 나의 영웅
울지 마세요! 저는 당신을 믿어요
제 인생에 뒤돌아서도 다시 만날 수 없는 당신은

최고의 행운

최고의 사랑

울지 마세요! 당신은 나의 영웅입니다

내 심장의 중심, 마지막 친구에게

당신은 봄의 세계입니다

당신이란 사람은 봄의 세계입니다
당신이 내 마음속에 찾아와 준 것만으로도
당신이 내 기억 속에 존재한다는 것만으로도
저는 행복합니다
당신으로 하여 슬픔이 존재하지 않는 우주를 얻었고
당신으로 하여 완전한 행복이 꽃피우는
오늘을 선물 받았습니다
당신이 바람처럼 사라지는 서글픈 꿈이라 할지라도
저는 당신을 사랑하는 시들지 않는 꽃이 되어
하루하루, 마음을 곱게 치장하고
하루하루, 빛을 가슴에 담고
하루하루, 향기를 바르며
하루하루, 맑은 언어를 안고
당신만을 생각하며 행복을 쏟아 냅니다
저는 당신이 있기에 살아 있다는 행복을 느낍니다
저는 슬프지 않게 살고 싶습니다

김영주 시집

저는 행복하게 살고 싶습니다

당신은 이 세상에서 제가 만난 제일 따뜻한 봄의 세계입니다

<봄 풍경 > 피에르 오귀스트 르누아르

내 심장의 중심, 마지막 친구에게

입술 건배

건배하고 외칠 때는 항상
당신의 입술이 내게 다가와 주세요
그것이 희망을 부르는
내가 바라는 최고의 건배입니다

건배하고 외칠 때는 항상
나의 입술이 당신에게 다가갈게요
그것이 행복을 느끼는
내가 바라는 최고의 건배입니다

우리가 함께하는 날까지
우리가 사랑하는 날까지

입술 건배! 기쁘게 외쳐 보아요
희망찬 우주의 온 힘을 다해
살아 있는 행복함에 흠뻑 빠져 보아요

당신과 나의 입술 건배
희망과 행복을 부르는 입술 건배

우리의 평화로운 성공적 사랑을 위하여
우리의 아름다운 숙명적 사랑을 위하여

내 심장의 중심, 마지막 친구에게

진실 된 허상

바람이 저를 보내 준다면 참 좋겠습니다
저 광활한 우주 속으로
별이 되어 여행을 가고 싶습니다
행복해지고 싶습니다
당신도 제 맘과 똑같았으면 참 좋겠습니다
당신도 저처럼
저 우주에서 영원으로 묶인 빛의 웃음으로
부드럽고 따뜻한 사랑을 하며
저와 함께하고 싶어 했으면 참 좋겠습니다

끝까지 함께 하는
아름다운 행운을 아는 단련된 믿음으로
아름다운 눈물을 아는 간절한 소망으로
아름다운 행복을 아는 진실된 사랑으로

저와 함께하고 싶어 했으면 참 좋겠습니다
당신도 제 맘과 똑같았으면 참 좋겠습니다

영혼의 눈으로 알게 되는 에스키스

우리네 삶에
완전한 사랑이란 언어보다
아름다운 건
영혼의 눈으로 볼 수 있는
진실한 사랑의 에스키스입니다

내 심장의 중심, 마지막 친구에게

두 번째 사랑

누군가에게 배운 사랑으로
당신을 사랑하게 될 줄은 몰랐습니다
제 가슴속에 천 년을 장식하는 얼굴 하나
그 마음 하나 지워지지 않음인데
당신을 사랑으로 바라보게 될 줄은 몰랐습니다
생명을 다할 때까지 지저귀는 새처럼
제게 달콤한 사랑 노래 불러주던 그 누군가처럼
당신이 웃고 있는지
당신이 울고 있는지
당신이 밥은 먹었는지
당신에게 예쁜 마음 담아 하루 종일
당신의 마음을 살피게 될 줄은 몰랐습니다
당신이 저로 인해 조금이라도 편안해질 수 있도록
당신이 저로 인해 조금이라도 웃을 수 있도록
당신을 생각하며 아침을 웃음으로 열고

당신을 그리며 온 밤을 행복하게 물들입니다

당신을 사랑하여 지금보다 더 처절한

고독이 찾아올 거란 것을 알면서도

그 누군가가 저를 천 년의 그리움 품어

한없이 바라봐주던 그 끝없는 마음으로

반갑게 떨리듯 안겨오는 맑은 영혼의

그 애달픈 눈빛으로

당신을 사랑하게 될 줄은 몰랐습니다

당신을 사랑하여 제가 아는 것이 있다면

고마운 사랑은 또 하나의 고마운 사랑을 만들어 준다는

슬프고도 따뜻한 이야기입니다

내 심장의 중심, 마지막 친구에게

르누아르는 에밀 졸라의 소설인
<사랑의 한 페이지(Une page d'amour)>에서
영감을 받아 작품을 그렸다.

* 만약, 당신의 인생에서 두 개의 무지개가 뜬다면
만약, 당신이 그 두 개의 무지개 중에서 고민하고 있다면
함께 하고 싶은 무지개가 아니라
자신의 생명까지도, 줄 수 있는 무지개를 선택하는 것이
자신의 인생에서 마지막까지 사라지지 않는 찬란한 무지개를 갖게 되는
마지막까지 웃게 되는 특별한 선택일 것입니다

김영주 시집

내면적 안목

그 누군가와 함께할 때

그 누군가와 사랑을 할 때

내면적 안목을 길러야 합니다

따스함을 나누어 주었던 연탄재를 밟으려 할 때

함부로라는 문장이 떠오르는 의미처럼

보여 지는 것으로의 판단이 아닌

보여 지지 않는 내면의 아름다움을 느낄 수 있어야 합니다

그러할 때, 진정

그 누군가를 끝까지 믿고

그 누군가를 끝까지 사랑할 수 있습니다

그 누군가의 작은 떨림 하나, 하나

그 누군가의 작은 여운 하나, 하나

사람의 눈빛보다 더 정확한

가슴의 눈빛으로 봐 주어야 합니다

배려하지 않고, 이해하지 못하면서

절절한 사랑만으로 애태우는 것은 어리석은 일입니다

진정한 사랑은,

아름다운 눈으로

아름다운 마음으로

그 누군가를 사랑하는 자신의 모습을

자신이 사랑하는 그 누군가의 모습을

아름답게 봐 주는 것입니다

별 똥 비

메마른 서쪽 언덕에
느낌표로 별똥비가 쏟아져 내린다

잃어버린 시간 속에서 진정한 자아를 찾아 떠나온
그늘진 공간으로 축축이 떨어지는 별똥비가

눈부신 아름다운 감정의 색채가
온전하게 제자리로 돌아온 별똥비가

감미로운 속삭임에 충실하는 사랑의 느낌표로
서쪽 언덕을 꾹꾹 찍는다

내 심장의 중심, 마지막 친구에게

76
김영주 시집

영혼의 눈동자

나를 보아주던 우수에 젖은 눈동자를 그려본다
영글어진 눈물이 왈칵 흐르면서
슬픔보다 더한 통증이 가슴에 검게 밀려온다

바람이 불어와 나뭇잎이 회전하는 것처럼
마음이 방황하던 흔적을 안고 쓸려 온다
위태롭게 흐느끼며 쓸쓸한 침묵의 빛을 담은
눈동자는 하얀 도화지 위에서
멀게 돌아온 별처럼 하얗게 반짝인다

마르지 않는 눈물바다 같은 영혼의 눈동자
내 슬픔과 닮은 눈동자를 읽어본다
내 영혼의 주인을 찾은 미동의 시간은

꺼져가는 불꽃이 마구 피어나게 한다
녹슬어진 심장이 다시 펄떡 뛰게 한다

도화지 위로 눈물방울은 하얀 물음표로 떨어진다

내 가슴에 찾아온 이 영혼의 눈동자와
그 어느 하늘 아래에서 사랑의 언어로 말을 할 수 있을까?
우리네 영혼에 깃든 슬픔을 기쁨으로 알 때쯤
사랑의 꽃을 피울 수 있을까?

우리의 사랑처럼

나무는 바람이 불면 두 가지를 펼치며
새처럼 훨훨 날아오른다
나무는 믿고 있나 보다
언젠가는 새가 되어 하늘로
날아갈 것이라고
우리의 생각처럼

저 하늘 따뜻한 품으로
자신의 꿈을
바람에게 전해 달라고 부탁하듯이
더 열심히 휘청거린다
우리의 모습처럼

하늘과 더 가깝기 위해
뿌리가 뽑히는 통증을 감내하며
나뭇가지가 꺾이는 아픔은

내 심장의 중심, 마지막 친구에게

아무 상관 없다는 듯이
저 하늘 끝, 우주의 별,
나무가 태어난 곳을 향해
나무는 비바람이 몰아쳐도
중심을 잃지 않는다
우리의 자세처럼

나무에게는 중요한 일인가 보다
'심장의 펄럭임'
나무에게는 초코처럼 달콤한 꿈이 있기에
나무는 외롭지 않은가 보다
우리의 마음처럼

더 열심히 사랑 인사를 건네며
더 열심히 애가 타는 그리움의 안부를 전하며
바람에게서 머나먼 고향의 별의 소리를 듣는다
우리의 사랑처럼

신께서 지켜 주시지

새들은 바람이 세차게 불어도
거침없이 날아가지

밤 꾀꼬리는 어둠이 깊어도
두려움 없이 노래하지

열정의 날개도
열정의 곡조도
겸손은 해도 두려움은 없지

벅차기만 운명, 순순히 덮친다 할지라도
온 힘을 다해 어둠을 가슴으로 밀쳐내지

전부를 건다는 건 외로움을 따르지
전부를 건다는 건 열정의 힘이 생겨나지

내 심장의 중심, 마지막 친구에게

그 어떤 불안한 맘 없지

우주의 복음을 얻어 신께서 지켜 주시지

사랑의 마술피리를 부는 소년

사랑의 마술피리를 부는 소년과 함께라면
거역할 수 없는 자명성을 타고 웃음이 탄력 있게 늘어나지요
탱탱하게 젊어지는 황금 시간이 만들어지지요

사랑의 마술피리를 부는 소년과 함께라면
사랑은 사람을 아름답게 한다는 문장 속의 진실처럼
열정의 시간 속에서 가슴이 확대되어 가지요

사랑의 마술피리를 부는 소년과 함께라면
가슴으로 특별한 무지개가 쫓아오는 시간이 만들어지지요
세상의 불가능은 없는 꿈결 같은 세상이 이루어지지요

내 심장의 중심, 마지막 친구에게

물구나무선 나무

최후의 낭만의 방랑은 끝이 나고
숙명처럼 나무의 시계는 거꾸로 간다

나무의 뿌리는 하늘을 움켜잡고
나무의 나뭇가지는 바다를 품는다
거짓말처럼 노을 속으로 사라진 숨결이 나무에게 흐른다

나무와 바다는 조용히 포옹한다
나무는 태연하리 꿋꿋하게 별빛 밑에 뿌리를 감고
황금시간을 창조해 나간다
밝은 진주 열매 달고 푸르른 심장으로 나무는
거꾸로, 거꾸로 우주를 정복해 나아간다

당신은 어느 무기를 가지고 있는가?

마음이 마음을 겨냥한
창이 되어서는 아니 된다
마음이 마음을 가로막는
방패가 되어서는 아니 된다

세상에서 제일 무서운 무기는
외면하는 마음이다
세상에서 제일 반가운 무기는
도와주는 마음이다

당신은 어느 무기를
가지고 있는가?

신은 우리에게
다른 이의 마음을 보살펴 주면서
자신의 마음을 보호하는 특별한 무기를

내 심장의 중심, 마지막 친구에게

저마다 공평히 나누어 주셨다

모든 것을 지켜낼 수 있는 건
마음이란 무기뿐이다
모든 것을 이루어낼 수 있는 건
마음이란 무기뿐이다

걱정하지 말아요

처음 당신에게 사랑한다는 말을
들었을 때에는 눈물이 흘렀습니다

지금은 당신이 제 이름을 부르며
사랑해 라고 말해 줄 때면,
가슴속에서 따뜻한 눈물이 흐릅니다

사랑하기에 딸려오는 불안한 덩어리 때문에
우리의 시간을 괴롭히지 말기로 해요

저도 당신을 사랑하고 있어요
당신만을 사랑하고 있어요
걱정하지 말아요

당신이 저를 붙잡으려 하지 않아도
달이 변덕을 부릴지언정,

내 심장의 중심, 마지막 친구에게

하늘을 떠날 수 없듯이
저는 당신을 떠날 수 없음을
당신도 잘 알잖아요

처음 당신이 흘려보낸 그리움은
신비한 언어의 몸짓을 하며
후두둑, 후두둑, 설레임 안고 쏟아지는 비처럼
제 가슴에 흘렀지요

지금 당신이 움켜지는 그리움은
한평생, 변하지 않는 행복한 두근거림의
한결같은 파도의 물결처럼
포근한 바다 같은 사랑처럼
제 가슴에 흐르지요

저도 당신을 사랑하고 있어요

당신만을 사랑하고 있어요

걱정하지 말아요

내 심장의 중심, 마지막 친구에게

그 남자, 그 여자가
필요로 하고, 가지고 싶어 하는 것

남자를 아름답게 하는 건
진심이고
여자를 아름답게 하는 건
이해이다

남자는 진정
여자를 위하는 것이 무엇인지
알 때도 모를 때도 많다
여자는 진정
남자를 위하는 것이 무엇인지
알 때도 모를 때도 많다

진심과 이해를 만드는 건 사랑이다
남자도 여자도 똑같이
진실된 믿음으로 필요로 하는 것
포근한 이해로 가지고 싶어 하는 것
사랑이다

세상에서 제일 맛있는 입맞춤

하얀 식탁에 다소곳이 앉아 있는 그대
정이 듬뿍 담겨져 있는 그대 마음은 최고의 사랑 밥
사랑 담은 눈빛으로, 애틋한 말투로
"사랑해."라고 건네 오는 그대 속삭임은 최고의 기쁨 반찬

살며시 내 쪽으로 다가오며 밥알이 입술에
뭉개져도 아랑곳없이 입속에서 희망의 학을 접으며
촉촉한 혀로 포개지는 감미로운 전율은
달달한 삶이 건네주는 행복한 선물

그대 입술에서, 내 입술에서
똑같이 밥알이 엉겨지는 황홀함은
세상에서 제일 달콤한 입맞춤

그대 입속에서, 내 입속에서

내 심장의 중심, 마지막 친구에게

똑같이 반찬이 속삭이는 야릇한 행복 멜로디는

세상에서 제일 맛있는 입맞춤

* (세상 모든 엄마들은 내 아이와 입맞춤할 때, 포근한 햇살 심장을 가지게 되지요)
  내 생명의 천국!
  정이, 찬이의 세상에서 제일 맛있는 입맞춤을 담아내어
  사랑 시로 엮어보았습니다
  아름답게 빛나는 내 행운 대박이 정아
  소중하게 빛나는 내 행복이 찬아 사랑한다

<두 자매 [Two Sisters]> 피에르 오귀스트 르누아르
봄의 아름다움과 젊음의 생기발랄함을 축하하고 있는 <두 자매(테라스에서)>는
기법적으로나 구성적으로나 르누아르의 대작이다.
이 거장은 이 그림을 통해 활기가 넘치는 변화무쌍한 붓 터치를 구사했다.

내 심장의 중심, 마지막 친구에게

당신은

당신은 제 안에서
저와 함께 웃고 계시기에
당신의 웃음소리는
제 심장에서 멈추지 않는 노래입니다

사랑했기에 웃었습니다
행복했기에 웃었습니다

당신은 제 안에서
저와 함께 살고 계시기에

함께 있기에 살아갑니다
함께 있기에 사랑합니다
당신은
제 삶에서 끝나지 않는 깨어 있는 꿈입니다

95
내 심장의 중심, 마지막 친구에게

내 심장은 관계자 외 출입금지

똑똑똑 내 심장의 문을
두드리지 마세요
열리지 않는 문입니다
똑똑똑 내 심장의 문을
누르지 마세요
열리지 않는 문입니다
쾅쾅쾅 내 심장의 문을
흔들지 마세요
열리지 않는 문입니다

내 심장은 관계자 외 출입금지
"암호를 눌러 주세요."
그대의 심장이 말하고, 입맞춤한다
"사랑해."
'영원 키스'

내 입술이 그대에게 살포시 말합니다
딩동댕! 언제나 당신만을 환영합니다
내 심장이 그대에게 포근히 말합니다
딩동댕! 언제나 당신만을 사랑합니다

내 심장의 중심, 마지막 친구에게

사랑을 타주세요

고독한 맛이 진하지 않은 에스프레소, 한잔, 주세요

그것은 어떤 맛이죠?

누군가가 거품처럼 사라진
그리움을 품은 소라처럼 공허한 바람 맛이에요
하늘에 별도 달도 보이지 않는 어둠의 맛이에요
나무, 꽃, 풀도 자라지 않는 우주 끝
눈물보다 쓰디쓴 거리감이 (담겨) 있는
쓸쓸한 맛이에요

사랑 맛이 진하게 깊은
모카, 한 잔 주세요

그것은 어떤 맛이죠?

누군가의 눈 속에 내가 있고
누군가의 입가에 내가 있고
누군가의 귓속에 내가 있고
찻잔 속에 누군가의 웃음이 오랫동안 퍼져
심장에 가까이, 부드럽게 흐르는 맛이에요

당신과 내가 어우러져서 함께 하는 맛이에요
당신만이 내게 타 줄 수 있는 유일한 맛이에요

내 심장의 중심, 마지막 친구에게

너를 지금도 사랑해

매일 내 입술에 맴도는 슬픈 노래가 되어 흐르는 내 혼잣
말을 들어줘
너를 한 번도 잊은 적이 없었어
너를 한 번도 지운 적이 없었어
너를 한 번도 보낸 적이 없었어
미안해 미안해 미안해
더 많이 사랑해 주지 못해서 미안해
너만은 지켜 주고 싶었어
너만은 나 자신보다 너를 사랑하고 싶었어

매일 내 눈물에 묻혀 나는 슬픈 노래가 되어 흐르는 내 혼
잣말을 들어줘
너를 한 번만 다시 사랑으로 만지게 해 줘
너를 한 번만 다시 사랑으로 안게 해 줘
너를 한 번만 다시 사랑으로 사랑하게 해 줘
미안해 미안해 미안해
사랑하면서도 이길 수 없는 슬픈 시간이 찾아오기도 하더라

이젠 알아 이젠 알아 이젠 알아
변명뿐인 사랑이라는 것을
후회하기에는 늦었다는 것을
너를 사랑하면서도 나를 정작 사랑해 주지 못했기 때문에
홀로 우는 사랑이지만
내 사랑은 너뿐이라는 것을 알아줘
내가 살아가는 이유는 너뿐이라는 것을 믿어 줘
언제나 너만을 사랑해 언제나 너만을 사랑해 언제나 너만
을 사랑해

매일 내 심장에 퍼지는 슬픈 노래가 되어 흐르는 내 혼잣
말을 들어줘
너를 한 번도 사랑 안 한 적이 없었어
너를 한 번도 사랑 안 한 적이 없었어
너를 한 번도 사랑 안 한 적이 없었어
너를 지금도 사랑해

내 심장의 중심, 마지막 친구에게

우리 이쯤에서

우리 이쯤에서
지나온 모든 기쁨, 슬픈 후회, 우울한 공허들과
운명처럼 화해해요
푸르른 하늘처럼 부드러운 심장으로 편하게 마주해요

우리 이쯤에서
다시 새롭게 피워나는 꿈의 감정으로
지혜롭게 평화로운 언어를 쏟아 내요
초록으로 물든 나뭇잎처럼 싱그러운 심장으로 반갑게 인
사해요

우리 이쯤에서
우리네 삶을, 나 자신을, 서로를, 돌아보아요
인생의 보석 같은 소중한 인연으로
힘차게 떠오르는 태양처럼 희망찬 심장으로 감사해요
변치 않는 소나무처럼 고귀한 인연으로
생명이 늘어난 바다의 기적답게 행복한 심장으로 포옹해요

오직 순수한 걸음으로 너에게 가겠다

오직 순수한 언어

오직 순수한 몸짓

오직 순수한 웃음

오직 순수한 마음

오직 순수한 사랑으로 너에게 가겠다

어느 날인가 되돌아오는 슬픈 걸음을

걷게 된다 할지라도

오직 순수한 슬픔

오직 순수한 아픔

오직 순수한 고통

오직 순수한 눈물

오직 순수한 걸음으로 너에게서

되돌아오겠다

내 심장의 중심, 마지막 친구에게

술이 가슴속에서 회전해도
내 입술은 너만 기억해

소주를 마시니 칵테일이 생각이 나고
칵테일을 마시니 와인이 생각이 나고
와인을 마시니 위스키가 생각이 나고
맥주를 마시니 막걸리가 생각이 나고
무엇이든 지금 내 마음에 맞는 순간이
아니기 때문이다
무엇이든 지금 함께 마셔 줄
너가 없기 때문이다
지금 이 순간 내게 필요한 술은
너를 내 곁에 있게 하는 마술일 것이다
지금 이 순간 내게 필요한 술은
내가 사랑하는 너!
내게 감미롭게 입맞춤해주는
너의 입술인 것이다

사랑 이와 사랑이 만나면

사랑 이와 일랑이
헤어지면 삼랑이 되고요
삼랑 이와 일랑이
만나면 사랑이 돼요

사랑 이와 사랑이
헤어지면 영랑이 되고요
일랑 이와 일랑이
만나면 일랑이 돼요

사랑 이와 일랑이
만나면 온랑이 되고요
사랑 이와 사랑이
만나면 억랑이 돼요

내 심장의 중심, 마지막 친구에게

그대와 내가

만나면 서로의 우주가 되고요

그대와 내가

사랑하면 불멸의 사랑이 돼요

마음의 지조

우주의 변화가 진리에 따라
생성, 소멸하듯이
감정은 회전하더라도
제 사랑은 오류가 된 페이지가 없어요

오늘도
마음의 눈을 깨끗이 닦고
당신을 향한 믿음을 엄숙히 지키며
당신을 향한 사랑은 엄격히 피어오르지요
심장 깊은 곳에서
감내하며 키워 내는
사랑을 굳게 다짐해요

내 심장의 중심, 마지막 친구에게

먼저 다가가,
먼저 사랑을 주는 사랑이 되라

진실의 불꽃은 진심과 진심의
마음이 합했을 때
강하게 타오른 것이다

진실로 진심을 다하지 못하면서
상대방은 진심으로 다가와 주기만을
바라는 사랑은 욕심뿐인 사랑이다

사랑으로 울고 싶지 않다면
사랑으로 슬퍼하고 싶지 않다면

늦기 전에 먼저 다가가
행복을 주는 사랑이 되라

늦기 전에 먼저 다가가
안아주는 사랑이 되라

사랑으로 울고 싶지 않다면
사랑으로 슬퍼하고 싶지 않다면

늦기 전에
늦지 않게

먼저 다가가, 먼저 사랑을 주는 사랑이 되라

아주 단순하게 운명의 여신에게 이기는 법

나는 너를 사랑할 것인가?

너는 내 운명인가?

나는 너와의 이별을 사랑할 것인가?

어느 것이 내가 받아들일 운명인가?

자꾸만 슬픈 예감이 들기만 하여

내 그림자 뒤에 숨어 깃든 운명의 여신에게

가위 바위 보를 청해 본다

운명의 여신은 '가위'

나는 '주먹'

내가 이겼다

찬란한 힘이 거침없이 마음에 스민다

"나는 너를 사랑할 것이다."

"나는 운명의 여신에게 절대 지지 않을 것이다."

"나는 너와의 사랑이란 운명만을 믿고 갈 것이다."

"나는 내 사랑으로, 내 믿음으로, 거친 운명 앞에 설지라도 어렵지 않게 평생토록 이겨낼 것이다."
이별이 운명이 아니라
같이, 행복한 운명
같이, 행운이 되어주는 운명
아주 일관된 통쾌한 답을 찾을 것이다
언제나 답은 내 마음에, 저 하늘에 있다
그 답을 나 자신이, 내 마음에게, 저 하늘에게 정확히 알려
줄 때
아주 단순하게 운명적 답이 돌아온다

<베르사유 길> 루브시엔느

하늘의 대기는 빛이 공기층에 닿아 노란색, 베이지색, 하늘색,

그리고 회색이 교차하고 있으며 이 하늘을 넓게 구성한 르누아르의 솜씨는

보는 이의 가슴을 탁 트이게 만들고 있다.

김영주 시집

당신에게 가는 길

나는 언제나 당신에게 가는 길을
찾고 있지요
당신에게 가는 길이 보이지 않을 때도
나는 햇빛을 닦아내서 한 걸음 한 걸음
나는 별빛을 떼어 와서 조금씩, 조금씩
당신을 향한 마음 빛의 퍼포먼스를
멈추지 않지요

당신에게로 가는 길만이
내 삶에 가장 빛나는 예쁜 방향이기 때문입니다

아름다운 운명적 꿈

당신이란 사람은 참으로 멋진 사람입니다
저만이 혼자 담아 완전한 내 것이라
욕심부릴 수조차 없는 사람입니다
너무도 아름답기에 부족하기만 한 내 모습이
남루해지고, 미안해지는 사람입니다
당신도 이미 알고 계실지도 모르지요
행복을 꿈꾸는 나무가 되어
한 자리에서 한마음을 지키며
쉬임없이, 웃게 하고
한 자리에서 한 마음을 가꾸게 하며
쉬임없이 행복하게 하는 사람은
제게 당신이 처음입니다
당신은 저의 아름다운 운명적 꿈의 세계입니다
아침이면 홀로 흐느적거리는 그림자를 보며
쓸쓸해 하지 않을 만큼
밤이 되면 홀로 훌쩍거리는 눈망울을 쓸며

외롭지 않을 만큼

당신은 저의 내 삶의 전부의 사랑입니다

당신을 사랑하는 것만으로도

아름다운 인생이 매일 펼쳐집니다

내 마침내 사랑 그대여!

사랑하는 내 그리운 그대여!
어여! 내 얼굴을 그대 품으로
만져가 웃어 주세요
사랑하는 내 어여쁜 그대여!
어여! 내 마음을 그대 심장으로
가져가 안아 주세요

사랑하는 내 정다운 그대여!
어여! 한마음으로 하나 되어
사랑의 동행으로 내려오는 비처럼
나를 보며 행복하게 웃어 주세요

사랑하는 내 마침내 사랑 그대여!
어여! 나만을 그리워하고
어여! 나만을 사랑한다고
영원을 속삭이며

사랑의 결론으로 쏟아지는 비처럼

나를 보며 행복하게 안아 주세요

내 심장의 중심, 마지막 친구에게

다시 사랑할 수 있다면

어쩌자고 당신은 제 인생에 출연해서
무지개 타고 쏟아지는 이 햇빛에 제 눈물을 말려야 할까요?

어쩌자고 당신은 제 인생에 출연해서
비가 오는 날이면 비를 맞으며 미친 그리움에 울음을 터트
려야 할까요?

당신 인생 눈물 밖에서 살래요
당신 인생 그리움 밖에서 살래요

당신은 제가 사라진 인생 책을
아름답게 써내려 가세요

저는 당신이 지워준 인생 책을
아름답게 써내려 갈게요

먼 후일, 다르게 흘러가는 시간을 걸어도
당신의 책 속에 내가 있고
내 책 속에 당신이 있다면

먼 후일, 먼 길을 돌아온 길목에서
눈물과 그리움이 사랑이란 것을 알 때쯤

우리가 다시 사랑할 수 있다면
서로가 단 한 사람을 담는

이 세상에 하나밖에 없는
한 권의 사랑 책을 만들어 보아요

천사여! 오너라

긍지여! 일어나라

선심의 횃불을 양손에 들고 일어나라

지혜로운 용기로 영광의 땅을 딛고 일어나라

자신을 심판하는 책을 가지고 일어나라

진심을 보는 거울을 가지고 일어나라

교만과 자만으로 얼룩진 옷은 버리고 귀환하라

겸손의 모자를 눌러쓰고 귀환하라

천사여! 선하게 응답하라

긍지여! 밝게 응답하라

이젠 좀 부디 그러시렵니까?

이젠 좀 부디 그러시렵니까?
이젠 좀 닥쳐 주시렵니까?
이젠 좀 꺼져 주시렵니까?
저의 입은 좀 까칠해요
저의 말은 좀 진실해요
저의 시간은 그다지 호락호락하지 않아요
저는 선함으로 존재하는 것에만 관대해요

아이고! 이것 참
아이고! 이것 참
마지막 부탁이 있어요
세상의 흙 구름 달린 먼지 같은
위선들은 사라져 주시렵니까?
제발 저는 진심으로 살고 싶어요
제발 저는 진정 행복하게 살고 싶어요

내 심장의 중심, 마지막 친구에게

제발 부디 그러시렵니까?
아주 공평하게 저도 닥치고 꺼져 드릴게요!
아주 순수히, 차분하고 고요한 세상으로
제발 저는 진심으로 살고 싶어요
제발 저는 진정 행복하게 살고 싶어요
저는 선함으로 존재하는 것에만 배려해요

아이고! 그것 참
아이고! 그것 참
마지막 부탁이 있어요
이젠 좀 제발 흰 구름 붙은
공기처럼 진심으로 살아 주세요
이젠 좀 부디 그러시렵니까?

마지막 한 가지 만! 더, 진심의 부탁이 있어요
이젠 좀 내 편이 되어 주시렵니까?

이젠 좀 제발 진정 제 편의 행운으로 살아주세요
이젠 좀 제발 진정 제 편의 행복으로 살아주세요
이젠 좀 부디 그러시렵니까?

* 취중 독담
  생각도 가끔은 혼자서 취한다
  취한 언어들은 술보다 더 깊숙이 혈관으로 파고든다
  삐죽한 언어들이 술을 먹었을 뿐, 일지라도 쓴 인생을 알게 한다

내 얘기를 들어줘

내 얘기를 들어줘! 내가 나에게 하는 말이야
내가 나에게 내 온 힘을 다해 하는 말이야
눈물로 아픔을 쓸어내던 얼룩진 시간은 잊어버려
슬픔으로 한숨짓던 그늘진 시간은 흘려버려
사람이 사랑에게 나아가는 일
사람이 사람에게 나아가는 일
용기를 가져, 두려움을 버려
용기를 버려두면 언제나 혼자야
두려움은 또 다른 두려움을 끌고 오지
이제, 혼자 울지 말자
이제, 외롭다고 슬퍼하지 말자
이제, 사랑하자, 사랑하자

내 얘기를 들어줘
내가 너에게 하는 말이야
내가 너에게 내 온 마음을 다해 하는 말이야

나는 함께 하는 세상 속에 있고 싶어

나는 축복 환희 기쁨 속에 있고 싶어

나는 사랑이 행복이 존재하는 곳에 있고 싶어

그 모든 것이 충만한 곳! 너 옆에 있고 싶어

너를 볼 수 있는 그곳이

이 세상의 유일한 기쁨의 낙원이야

이제, 우리 혼자 울지 말자

이제, 우리 외롭다고 슬퍼하지 말자

이제, 우리 사랑하자 우리 사랑하자

내 심장의 중심, 마지막 친구에게

변덕스러운 꽃의 아침(사랑과 시간의 알레고리)

모든 것이 끝없이 변하는

자유로운 변정의 상태에서

경계를

삭제를

존재의 해체

소명

소멸,

변덕스러운 꽃의 아침은

눈물로 바래진 반성을 찾아

따뜻한 느낌에 불충실했던 시간을 찾아

빗물처럼 흘러내리는 고운 음률을 찾아

모든 것이 의미 없는 공허로 새겨진

잃어버린 하나의 이름 불러와 혼잣말에 못을 박는다

불가능한 꿈이 펼쳐진 사막으로
던져진 그 순간에도
저는 충직히 깨어 있었어요

해에게서 빛을 끌고 와
새벽에게서 싱그러움을 데리고 와
매일 보석처럼 귀하게 당신이름을 불렀어요
하얗게 듣지 못한 건

'당신'이었어요

사랑을 위하여 떠나가지 못하는 이 사람
사랑을 위해 사랑하지 못하는 이 사람

사랑을 위하여 떠나가지 못하는 이 사람
사랑을 위하여 사랑하지 못하는 이 사람
험난한 세상에서 짊어지고 가야하는
고난의 돌을 쌓아 올린 이 사람의 어깨를
따뜻한 손을 감싸 안아 줍니다

바라볼수록 아련한 향기의 그리움은 쌓여져 갑니다
나는 오늘도 이 사람이 모르는 마음 안에서
회색 담벽 같은 이 사람 등을 안아 주고 있습니다
햇살 들어오는 창문에 앉아 날개를 펼치는 나비처럼
포근한 태동 속 그리움에 울먹입니다

사랑을 위하여 떠나가지 못하는 당신
사랑을 위하여 사랑하지 못하는 당신
눈물을 들키지 않게
당신 등이 차갑지 않게

붉게 물든 볼을 비비며
따뜻한 온기만을 전합니다

슬픔이 기쁨에게
기쁨이 슬픔에게
평화로운 눈빛을 교환합니다
당신에게 따뜻한 순간을 줄 수 있다는 생각만으로
행복이 감겨옵니다
당신이 모르는 내 심장은 봄날의 노란 나비처럼
당신 등 뒤에서 당신을 평화로이 안아 주고 있습니다

사랑이여! 잘 가시오

내 사랑이 인간적인 것이라면
내 아픔 또한 인간적인 것이오

사랑이여! 잘 가시오
모래밭 어느 곳에 성을 세운들
온전히 버틸 수 있겠소?

고난으로 울부짖는 돌
번뇌하는 땅
신음하며 병들어 가는 나무

사랑은 살아 있는 자들의 특권
당신이 불러주지 않은 나의 이름은
새들도 울지 않는 묘지에 있소이다
사랑과 벗하지 아니하는 풀밭에 있소이다

사랑이여! 잘 가시오

내 사랑이 운명적인 것이라면

내 아픔 또한 치명적인 것이오

내 심장의 중심, 마지막 친구에게

선택

생각해보니
"사랑이 아닙니다." 말하는
'너는'
'나는'
신이 인간을 만든 의도와는 다르게
찌질한 꼴통이 되기를 선택하였다

하지라서

구름만 지나가도
비가 온다는 하지라서
비도 오지 않았는데
그대 얼굴 그리다
내 마음속에, 또
내 얼굴 위에, 또
소낙비 내렸다 하지
왜! 그리워하지?
왜! 사랑하지?

그냥! 그리워하지
그냥! 사랑하지

사랑은 적당히 취하고
인생은 깊이 취하자

사랑이 주는 진정한 의미는
따뜻하게 살아가는 마음을 얻는 것이다
우리네 인생에서 희망적인 미래를 열어주는
마술피리를 갖는 것이다

삶이 힘겨울 때
슬픔이 차오를 때
우리네 인생에서 행복했던 기억을
하나씩 꺼내 먹는 치료제를 갖는 것이다

사랑이 주는 진정한 행복은
선한 감동을 바탕으로
우주의 복음을 받으며
인생을 아름답게 만들어 가는 이유를 갖는 것이다

사랑이 주는 진정한 의미는
아름다운 인생을 함께 조화롭게 지켜주는 것이다
사랑은 적당히 취하고 인생은 깊이 취하자

사랑으로 굿바이

하늘 곳곳에
지상 곳곳에
구름을 끌고 가기 위해
검게 휘어진 운명의 신들은
슬픈 표정을 하고 있다

하늘과 헤어지고 싶지 않은 구름은
결국은 울음보따리를 풀어헤치며
온 사방에 비를 뿌린다
비는 구름의 이별이어라
비는 구름의 눈물이어라

구름이 하늘을 떠나가는 날에
"당신 눈을 가리우기 싫어요."
"당신 어깨를 누르기 싫어요."
"당신 심장을 아프게 하기 싫어요."

하늘 곳곳에

지상 곳곳에

'사랑으로 굿바이'

'사랑으로 굿바이'

슬픈 언어가 쏟아져 내려온다

내 심장의 중심, 마지막 친구에게

너는 누구인가?

너는 누구인가?
내가 아파할 줄 알면서도
뼈아픈 얘기를 아주 거침없이
내게 말하는 너는 누구인가?

내가 울 줄 알면서도
미운 덩어리로 아주 서슴없이
내게 행동하는 너는 누구인가?

그러하면서
나를 사랑한다고? 왜?
그러하면서
너를 사랑하라고? 왜?

너는 내 적인가?
너는 내 사랑인가?

너는 사랑을 더 배워야 한다
나 또한 사랑을 더 배워야 한다

너가 내게 사랑을 가르치면
내가 네게 사랑을 가르치면

너는 나를 알까?
나는 너를 알까?

너는 사랑을 알까?
나는 사랑을 알까?

우리네 인생에
수많은 물음표는 언제쯤 사라질까?
우리네 마음에
수많은 사랑의 질문은 언제쯤 답을 줄까?

내 심장의 중심, 마지막 친구에게

김영주 시집

내가 자연이 되자

도무지 이해할 수 없는
살면서 겪는 비속함은
자연의 관대함의 판단으로 보는 것이 공정하다
한 차원 높은 지혜를 담고 가는 삶의 여정은
깨달음의 푸른빛이 스며들어 마음의 문을 크게 열리게 한다
도무지 세상을 알 수 없을 때 스스럼없이 내가 자연이 되자

오! 마이 갓의 사랑의 망원경

초경의 혈흔과 같은 새로운 세계의 문 앞에
누군가 있다
그림 같은 루비 빛 입술을 가진
봄의 새싹 같은 사람이다
마음을 끌려가는 헤어나오지 못하는 블랙홀처럼
매력이 철철 넘쳐나는 사람이다
그가 내게 살며시 걸어온다
세상의 모든 아름다운 사랑 빛으로 내게 안겨온다

오! 마이 갓! 당신이었다
아! 설레임으로 다시 돌아가니 당신이 사랑이었다

봄이 오면

찬바람에 소멸되는 제 가슴 속 말

나지막이 멀리서 그대에게 속삭이지요

그대는 휭휭 불어오는 겨울 바람소리만을

묵묵히 듣게 되겠지요

봄이 오면

땅속 깊이 잠을 자던 씨앗들이

기지개를 펴며 싱그럽게 피어나겠지요!

봄이 오면

오래 담아두었던 제가 하고픈 말을

그대 가슴속에서 만약, 듣게 된다면요!

제 가슴에도 처음으로, 꽃 봄이 찾아온 것입니다

너만은

웃음 진 햇살에 밥을 비벼 먹다가
중독된 눈물에 밥을 비벼 먹는 것이
어떤 것인지 너는 아느냐고 묻고 싶다
내 몫의 슬픔을 나 홀로 고스란히 붙이고
모든 것을 잃어가는 비통함 속에서
너만은 웃게 해주고 싶은 것이 어떤 것인지 아느냐고 묻고
싶다
기대였던 지평선은 여지없이 절멸하고
낯선 세계의 문 앞에서 개미처럼 작아져 가는 몸뚱이는
조개처럼 검은 진흙을 토해내며 소리 내어 울 수도 없어
꺽꺽 입을 틀어막고 일그러진 참혹함 속에서
너만은 위해 주려 하는 것이 어떤 것인지 아느냐고 묻고
싶다
고향을 잃은 가난한 별이 되었지만 희망만은 찌그러트리
지 않으려
젖은 눈물을 총총히 하늘로 날려 보내는 고독 속에서

너만은 지켜주려 하는 것이 어떤 것인지 아느냐고 묻고 싶다
사랑하기에 나의 감정에 충실하는 것이 아니라
너만은 오직 사랑하기에
너의 감정에 충실히 대해주는 것이, 어떤 것인지 아느냐고
묻고 싶다

내 심장의 중심, 마지막 친구에게

영혼의 터닝 포인트

혹독한 가시덤불 속에서도
우리네 영혼 떨어진 적 없지

처량한 고난 속에서도
우리네 영혼 끌어안고 있었지

빠져나가 버렸지
빠져나와 버렸지

공허함뿐이지
눈물은 통증의 결과물이지

가슴속에 눈물의 바다가 생겼지
웃고 있어도 가슴에 눈물이 흐르지

영혼의 새들은 무지개 빛 다리를 만들어

너와 나의 사랑을 이어주지 않지

이젠 돌아가야지
이젠 이별이지

이별의 슬픈 풍경

불어오는 바람에서 눈물 맛이 느껴지는 것
울음이 타는 햇살과 마주하게 되는 것
쓸쓸한 거울 속의 나와 마주하게 되는 것
무겁게 파고드는 생각 속에서 누군가의
뒷모습이 떠오르는 것
이별의 슬픈 풍경이다

태양은 빛의 아버지
바다는 빛의 어머니

태양이 저 바다를 속일지라도
바다는 태양을 품어주어야 하는 일
삶이 슬플지라도 희극 배우는 웃음을
삶이 우울할지라도 음악가는 연주를
삶이 괴로울지라도 가수는 노래를
멈추지 아니하듯이

태양이 저 바다로 숨어든다 할지라도
울음 섞인 심장의 빛을 담은 바다는
묵묵히 흘러가야 하는 일

태양은 빛의 아버지
바다는 빛의 어머니

살아 있는 동안

살아 있는 동안
밝아 오는 희망의 아침

사랑하는 동안
설레이는 처음 사랑

기다리는 동안
체온을 잃지 않는 푸른 바다

이별하는 동안
서로의 단 하나의
마지막 사랑, 마음 찾기

마주하는 시간 동안
서로의 단 하나의
마지막 사랑, 마음 보기

내 심장의 중심, 마지막 친구에게

살아 있는 동안

서로의 단 하나의

마지막 빛이 되어 주는 사랑, 한마음 되기

라 마 스 떼! 피르 밀 렝 겔

어쩌면 눈은
울지 않기 위해 떠나왔는지도 모른다
어쩌면 눈은
속으로 울기 위해 떠나왔는지도 모른다
어쩌면 눈은
울지 않고 지켜주기 위해 떠나왔는지도 모른다

어쩌면 눈은
얼지 않기 위해 떠나왔는지도 모른다
어쩌면 눈은
다시 그 무엇으로 돌아가기 위해 떠나왔는지도 모른다

하늘에게서
하늘에게로

아 립 고, 아 리 운! 겨울 하늘아!

내 심장의 중심, 마지막 친구에게

속으로 우는 법은 몰라도 된다

슬 프 리, 슬 픈 ! 겨울 하늘아!

얼음이 녹는 법을 잊지 않으면 된다

* 피르 밀 렝 겔 인도말로 (다시 만나요) 입니다
　"라 마 스 떼 !" 반갑습니다 (아름다운 뜻이 담겨 있지요)
　인사 예절: 인도에서는 인사할 때 두 손을 합장하고 "라 마 스 떼 ."라 합니다
　내 안에 신이 당신의 신에게 인사 합니다
　빛의 존재인 당신을 존중 합니다
　우주를 담고 있는 당신에게 반가움과 감사와 존중을 전합니다
　나는 당신에게 마음과 사랑을 다하여 기도드립니다

김영주 시집

그렇게밖에는 사랑할 줄 모르는
사람이 있더라

그렇게밖에는 사랑할 줄 모르는

사람이 있더라

그렇게밖에는 사랑할 줄 모르는 일

그것이 그 사람의 최선이고

그것이 그 사람이 아는 전부의 사랑일 테니

그렇게밖에는 사랑할 줄 모르는

그 사람

이별은 없는 듯 살라 하자

이렇게밖에는 사랑할 줄 모르는

사람이 있더라.

이렇게밖에는 사랑할 줄 모르는 일

이것이 이 사람의 최선이고

이것이 이 사람이 아는 전부의 사랑일 테니

이 사람

사랑은 없는 듯 살라 하자

끝을 모르는 이별
시작을 모르는 사랑

그렇게밖에는 사랑할 줄 모르는 사람은
이렇게밖에 사랑할 줄 모르는 사람은
결국은 떨어지고 마는 낙엽이지만
작은 꽃들을 포근히 감싸주는 일만은
잊지 말고 살라 하자

새날의 아침의 노래 / 새날의 언어여행

그 사람의 오렌지빛 키다리 동그란 웃음에는
자성이 따라오죠
그 사람다움의 본질로 존재하는 매너란,
자성이 따라오죠

새날의 아침의 노래 불러 볼래요
그 사람 오렌지빛 키다리 동그란 웃음에
느낌표로 찍는 핵력의 자성
회색 그림자 가사를 밑줄에 붙여 볼래요

봄의 향기가 피어나는 생명력을 기본으로 담고 있죠
자신만의 향기를 오랫동안 남기고 고마움을 정석으로
안고 있죠
간결하지만 그윽함이 깊은 정점의 관성력으로 반짝이죠
무의식 속에 닮아 가는 주력의 풍부한 거성으로 숨을 쉬죠
넉넉한 햇살 언덕에서 일관성 있는 잠재력으로 쏟아지죠

그 사람 오렌지빛 키다리 동그란 웃음에는
자석이 따라오죠
그 사람다움의 본질로 존재하는 그 무엇이란
자석이 따라오죠

순수히 만들어 가는 영혼은 음악은 재미있죠
나뭇잎 위에 앉아 있는
초록 요정의 동그란 오렌지 눈빛의 노래이죠

내 안에 존재하는 그 사람의 그 무엇은,
탄성력으로 다양한 문장을 불러오겠지요
맑은 영혼의 눈빛으로 그 사람에게 얘기할래요

중요한 진실은요
절대적인 사실은요
만유인력이 존재하는

오렌지빛 키다리 동그란 웃음

끝까지 지켜 주는 것이죠

끝까지 함께 웃는 것이죠

* 사람들 마음 안에는 꿈꾸는 학이 있어요!
  누구나의 마음 안에도요! 꿈은 누구나 꾸기에요!
  꿈을 꿀 때 마음은 동그라미가 돼요!
  동그라미는 달 꽃 웃음이 돼요!
  달 안에 영혼의 새가 있어요!
  오늘도 희망을 노래하지요!
  오늘도 행복을 담아내지!

금석, 맹약

지금의 나는 당신에게 부족한 사람이라는 것을 알지만
언제나 당신을 빛이 나게 해주는 사람이고 싶습니다
언제나 당신을 하루도 빠짐없이
웃게 해주는 사람이고 싶습니다
그 언젠가가
오늘이었으면 좋겠습니다
매일 매일 오늘이란 선물 안에
나의 사랑이 함께하면 참 좋겠습니다
나의 사랑은 당신에게
행복한 언약을 합니다
단단해진 믿음의 끈을 묶고
두 손을 모아
참된 침을 바르고
진주 빛 입술로,
당신 가슴에
입술 도장

쿡!

찍었습니다

술잔이 임신을 하네

어라! 이것 봐라!
술잔이 임신을 하네
그의 시선에 따라 태동하며 불뚝해지네
술잔도 그가 좋은가 보다
그가 움직이는 방향에 따라
그쪽으로 기울이며
술잔의 배가 풍만이 차오른다
어라! 저것 봐라!
술잔이 입덧을 하네
술잔도 그가 버겁나 보다
시간이 달리기를 하는데
마냥! 기다리라 한다
어라! 미련스런 태평함
임신한 술잔이 소리치네
에라! 눈만 찍어서 임신시킨
저! 향기롭게 모질 한 넘

저! 부드럽게 못난 넘

저! 감미롭게 위대한 넘

정열이란, 상상이란

정열이란

내가 알고 있는 것이 두려움 슬픔이라 해도
뜨겁게 미쳐 보는 것이다
그것만이 아름다운 진심이요!
그것만이 자신이 알고 있는 기쁨이요!
그것만이 자신이 알아야 하는
행복의 전부라고 믿는 진리인 것이다

상상이란
인간이 가지고 있는 최고의 방이다
영혼의 앵글로 현실 같은 파노라마를
그려보는 것이다
마음이 흐려질 때 자연의 싱그러운 뿌리들을
캐내어 먹는 치료제를 가지는 것이다
상상은 행복할 줄 아는, 사랑할 줄 아는 시간을
찾아가는 여행이다

* 어둔 심안들은 밖으로 흘러 나가지 못하게 스스로 단속해야 한다
  항마자는 선함으로 자신에게 먼저 항복할 것이오
  어횡자는 자신의 불안한 마음은 퇴청 시키고 평정만 침범하게 하라

내 심장의 중심, 마지막 친구에게

허상 속, 문제 풀이 그것참, 웃음 풀이

이건, 거대한 어느 허상 왕국의 이야기

감은 눈으로만 세상을 보고
괴상천외 점술을 외는 주술님
허울과 모순으로 백해무익한 망각을 세우는 철학자님
유해물질로 자연을 물어 혹세무민을 만드는 과학자님
엉터리 백만 단위의 망상 공식을 풀고 있는 수학자님
자신의 눈을 닦지 않고 첩첩 수심을 쌓는 도사님
호접지몽 옷을 괴상하게 짜고 있는 마법사님
그 이상한 허울의 왕국
부귀하면서도 스스로 거지 노릇을 달게 여기는
금을 보고도 돌로 보는
위대한 식견이 없는 방약무인 왕,
선함이 명백히 뚜렷해도 인정의 통폐通弊로
야박함의 극점을 찍는
스스로 해체가 되는 기기묘묘 백성,

자신만의 상상으로 온당치 않은 언어로
순수히 전해지는 빛을 막으며
고약한 거리에서 기이하게
쇠 초 세상을 외쳐 든다

그 왕국에 작은 개미가 신이다
개미 신과 허상 속 문제 풀이를 해본다

"답은 없음. 이로다."
개미의 허무한 결정이기에 '웃음 풀이'
고장 난 상상과 언어는
고장 난 현실과 미래만 가져오는 것, 이기에 '탄식 풀이'
좋은 의미를 담아 볼 줄 모르는 마음에겐
오래 묵은 가시 찌꺼기들이 마음 안에 있음 이기에 '아량
풀이'
수상한 왕국에 아름답게 선하게 따뜻하게

내 심장의 중심, 마지막 친구에게

반짝이는 마음들도 수없이 존재함 이기에 '긍정 풀이'

인간보다 허상 왕국으로 먼저 내려앉은 개미는

메마른 적막에서는 심신을 해방시켜

고요히 선정으로 들어가

너그러운 자연이 되고, 빛이 없어도

스스로 빛이 되는 것이 백번 옳다 하기에 '수행 풀이'

이상한 왕국의 만물 중에 어느 영혼을

애석해야 할까요? 내 물음에

모든 영혼은 맑을 때도, 흐릴 때도 있다 하기에

그것 또한 질문에 대한 도리이니 '정답 풀이'

깊은 수양은 백번을 단련하는 금처럼 할 것이니

항구 불변의 지조로

도를 높게 하여 꾸밈없이 뚫고 소탈하게 나아가는 것이

근배지달 상책이기에 '이것 또한 인생 풀이'

완전한 사랑의 그림

완전한 사랑의 그림으로 남는 사랑은
아름답고 숭고합니다

완전한 사랑의 그림으로 남는 기쁜 그리움의 만남은
천생인연처럼 파고든 가장 아름다운 만남입니다

울먹이던 영혼에 푸르른 빛이 살포시 스며들어
그 빛을 감싸 안은 만남입니다

먹먹했던 가슴에 믿음이란 단추가 채워져
깊은 어둠 속에서 시들어가는 꽃처럼
떨지 않게 되어준 만남입니다

서글펐던 눈물에 고귀한 인연이란 끈이 채워져
그 어떤 고진 세파에도 두려움 없는
참다운 용기를 가져다준 만남입니다

완전한 사랑의 그림으로 남는 축복된 만남은
설레는 눈물처럼 눈부신 아름다운 만남입니다

영원한 빛으로 하나의 심장으로
당신에게 최선의 충실 된 사랑의 표현
당신에게 최고의 마지막 완전한 사랑의 표현

완전한 사랑의 그림으로 남는 사랑보다
더욱 아름다운 그림은 당신입니다

완전한 사랑의 그림으로 남는 인생처럼
소중한 그림은
당신이란 그림으로 가는 사랑 여행입니다

김영주 시집

171
내 심장의 중심, 마지막 친구에게

사랑을 지키는 평화로운 충실 된 사랑

네 마음이 곧 내 마음
네 기쁨이 곧 내 기쁨
네 행복이 곧 내 행복
네 사랑이 곧 내 사랑

서로에게 배려하는 마음
서로에게 희생하는 노력
서로에게 전부를 거는 행복
서로에게 사랑을 다 하는 사랑
그것이 사랑을 지키는
평화로운 충실 된 사랑일 것이다

사진이란

순간의 눈빛이
영원히 새겨지는
영원히 살아 숨 쉬는
행복한 기억의 영혼의 창이다
마음의 눈이
불멸의 생명으로 담겨지는
아름다운 유산으로 남는 것이다

내 심장의 중심, 마지막 친구에게

내 심장의 마음으로 외치고

내 심장의 눈으로 바라보고

내 심장의 귀로 듣고

내 심장의 중심으로 내 세상을 바라보다

* 잊지않고 있죠?
  저는 심장의 중심에서 그리워하고 있습니다

비 그리고 사랑에 대한 결론

내 사랑의 결론은 아주 흡족하게 명백해요
당신이 나처럼 비를 좋아해서 좋았어요
당신이 나처럼 비를 좋아해서 슬펐어요

살아 있는 동안 비는
우리가 기쁠 때도 슬플 때도 내려주지요
살아 있는 동안 내 사랑도 비처럼
사랑이 오는 날엔 기뻐하며
사랑이 보이지 않는 날엔 슬퍼도 하며
내 가슴에 온종일 흐를 거에요
우리만 아는 비가 다가온 이 세상이기에
우리만 아는 사랑이 안겨온 이 세상이기에
살아 있는 동안 우리가 마주한 이 사랑도
모진 세파에 흔들림 없이
우리가 아는 사랑으로 내릴 거예요
살아 있는 동안

서로를 그리워하고

서로를 사랑하는

비처럼

아름답게 생명을 키워 낼 거에요

비에게서 당신에게서 웃는 법을 배워요

비에게서 당신에게서 행복해지는 법을 배워요

비에게서 당신에게서 사랑하며 사는 법을 배워요

비 그리고 내 사랑에 대한 결론은 아주 흡족하게 명백해요

무궁화 나무 앞에서

분홍빛 천위에
다섯 잎의 혈육이 찍어졌네
살을 깎아 세워 올린 하얀 눈물 성이
다섯 잎의 심장 중심에 솟아있네
뇌수에 박힌 그리움 목에 걸고
안개 속 궤적을 뚫고 고개를 숙여보네
온순히 흘러오는 구름에게
고요히 악수를 청해보네
온기 없는 공기만이
내 손등을 만져 주네
피부의 각질처럼 떨어지는
은빛 가루는 이슬을 안네
내 검은 우울은
하늘에 푸른 점을 찍네
무궁히, 나를
지켜 주리라, 의심치 않는

내 심장의 중심, 마지막 친구에게

나무 앞에 나는 서 있네
밤빛과 낮빛이 뒤섞이며 쏟아지는
천 다발의 그리움이 몰려 우네
삶의 의미의 틀이 완성되어가는
혈관 속을 끈기 있게 걷네
그늘진 내 안을 밝혀주는
아버지의 풍경이 서먹히 파고드네
일편단심으로 치장한 은하수가 안내한 곳
한 마리 새가 물 먹은 엽서 물고 날아든 곳
무궁화 나무 앞에서
영글지 못한 시를 지으며
어른이 되지 못한 내가 서서 우네
아이처럼 또 한 번을 기대어 내가 우네

후회하기 전에 너 자리를 알라

푸르른 창공에
섬 닮은 새가 날아갑니다
기온도 습도도 쾌적한, 어느 날
새의 꼬리는 새의 머리에게
불만을 터트립니다
"왜 나는 너만 따라가야 하지."
"나도 내 마음대로 가고 싶은 곳을 갈래."
새의 머리는
"그래! 바꾸어 날아보자."
"내가 너를 따라갈게."
어둠보다 진한 불안함이 엄습해 왔지만
고개를 끄덕끄덕해줍니다
지구를 움켜쥐는 기쁨으로
우쭐해지는 새의 꼬리는
멈춤 없이 몰려드는 구름의 구애들을 마다하며
숨김없는 태양의 약속을 잊으며

꿈꾸던 고향의 날갯짓 펼치며 날아갑니다
부드럽게 수평으로 이동하는 원칙
조화로운 자연의 경계를 부수지 않는 방법
꼬리는 안전한 경로도 알지 못한 채
부푼 꼬리만을 치켜세우며 날아갑니다
결국, 혼미한 비행은
불붙은 성냥같이 생긴
뾰족한 바위로 곤두박질치고 맙니다
지혜롭게 판단하지 못한 새의 머리
욕심만으로 이상을 꿈꾼 새의 꼬리
어리석은 바꿈질로
핏빛으로 물든 대지에 후회란
발자국만을 찍고 섬을 닮은 새는
싸늘히 죽어갑니다

새의 무덤가를 지나가는 스님
묵상하며 애석히 말합니다

살아 있는 것들이여!
후회하기 전에 너 자리를 알라

내 심장의 중심, 마지막 친구에게

182
김영주 시집

이번 생에서는 더 울지 않게

가을이 저물어 가는 언덕
싸늘히 식어가는 체온 옆에서
울고 있는 어느 소년
'일어나' '일어나' '일어나'
'집에 가자' '집에 가자' '집에 가자'
'눈을 떠' '눈을 떠' '눈을 떠'
'일어나' '일어나' '일어나'
'집에 가자' '집에 가자' '집에 가자'
그렇게 가을과 함께 울음도 슬픔도 누군가의 한 우주도
땅거미 되어 죽어갑니다
꼭 곁에 있어야 할 사람을 데려간 가을,
나쁜 계절에게 소년은 심장이 깊숙이 베었습니다
평화를 돌려주지 않는 가을
한 줄기 빛을 빼앗아간 가을
텅 빈 세월로 탈색해져만 가는 가을의 그림자에게
소년은 말합니다

누군가를 지켜주지 못할 거라면

'내 평생'

"결혼은 하지 않을 테야."

그 말은 검은 양탄자 되어 소년의 발밑을

문지릅니다

겨울이 와서야 살이 쪼개지게 추운 운명임을,

알게 된, 아주 작디작은 소녀도 생각합니다

언제나 겨울 같은 생이라면, 이생에서

결혼은 없을 거라고 . .

사무치는 비통, 쓴 외침은, 칼날처럼 소녀의 뼈 속을

찌릅니다

그렇게 소년에게 소녀에게 이전의 가을과 같을 수 없는

여러 해의 아리운 가을은 어김없이 찾아오고 지나갑니다

누군가 떠난 가을에,

누군가 좋아하는 녹두전은,

공중에서 여러 번 회전했을 터인데도

가장자리는 시커멓게 탔습니다

공중에서 누군가의 눈물과,

바닥에서 누군가의 눈물과,

마주했기 때문이겠지요

소년과 소녀의 또 누군가의 노여움의 눈빛에

화상을 입은 가을 햇살은 물집을 터트리며

축축이 늘어지는 대지 위를 소리 죽이며 쏟아집니다

수많은 눈물의 가을과 함께 소년은 어른이 되었습니다

수많은 그리움의 가을과 함께 소녀는 어른이 되었습니다

바람결에 나뭇잎이 두 손을 모으는 가을이 왔습니다

노을이 붉게 저물어가는 하늘을 보며

소녀는 소년에게 말합니다

"우리 뒷산에 있는 산머루가 왜 내게 슬픈 줄 알아?"

내 주머니 속으로 파고드는 그 산머루가

자연의 검은 눈물 같아서야

"그 산머루를 등 뒤에 두고 걸어도

자꾸만 따라붙어."

"있잖아! 눈물도 살이 찌더라."

"그런데, 내게 새로운 소우주가 생겨나니

그 산머루가 내게 안 따라오더라!"

"결혼을 안 해서, 혼자 행복 할 수도 있어."

"하지만, 결혼을 하면 함께 행복 할 수도 있어."

"결혼을 안 해서 혼자 외로울 수도 있어."

"결혼을 하면 함께 외로움을 견딜 수 있어."

"그래도 말야

무엇이 됐든, 함께가 더 좋지 않을까?"

"나는 결혼을 해서 알았어."

"떠나간 가을은 우리보다 더 슬퍼했을 거라고……."

"우리가 울면서 애원했어도

돌아오지 않은 그 가을은

우리보다 더 떠나기 싫었을 거라고."

"그러니 결혼을 해. 결혼을 해."

"누군가와 함께 행복했으면 해."

"누군가와 함께 외로움을 견뎌 냈으면 해."

우리와 함께 생명이 자라나고

우리만큼 키가 커진 나무

우리 눈물을 마시며,

우리 웃음을 머금고

우리 곁에 있었어

누군가 그립기에

누군가 심어준 나무를 좋아했잖아

"알아." "알아."

누군가 곁에 없었기에

"지켜주고 싶은 사람을."

"더 오래 곁에 있어 주고 싶은 마음이 간절하잖아."

"우리가 배나무 밑에서,

내 심장의 중심, 마지막 친구에게

우리가 무궁화 꽃 밑에서,
은빛 날개 펼치며 하늘 정원에 물을 주는
새들을 보며 노래했잖아."
"우리가 도토리나무 밑에서
긴 사다리 타고 올라 손끝 닿지 않는
허공에 흘림체로 한숨을 적어 놓으면
도토리가 걱정 모자를 쓰고
우리 머리 위로 내려앉아 토닥토닥 해주었잖아.
이젠 바래진 한숨은, 균열이 간 또랑에 흘려주고
결혼을 해서 함께 하는 그 누군가와
긴 호흡 하며, 웃음이 팽창해져 가는
인생을 따뜻하게 꾹꾹 열어봐.
누군가를 위해서, 누군가와 함께
사랑의 나무를, 누군가의 가슴에
꼭꼭 심어 주었으면 좋겠어."

소녀는 소년에게

바닷속보다 깊은 한숨을 쉬며 고개를 떨구며 말합니다

어쩌면,

이 얘기를 하면 울게 될지도 모르지!

들어봐! 푸념만, 있진 않아!

긍정이 끝에 달린 얘기야!

인생을 외롭게 살 수는 있어도

미워하며 살고 싶지 않을 때

온당치 않은 것들에, 탄식하며 한강을 걸었지

한강의 깊은 곳의 물은 온도가

내 슬픔보다 차가울까?

나의 온점으로 저 물을 데울 수 있을까?

비겁한 문장으로 물음표를 던질 때

노오란 불빛이 껵껵 흐느끼며 우는 다리를 건너가

생명이란 글자를 강 속으로

빠져버리게 하고 싶을 때

엄마 찾는 작은 고래들이

바다 위에서 슬픈 눈망울로

바다의 중심을 찢는

이생에서 가장 아픈 울음이 번져나가는

영상이 생생히 떠오를 때

아! 이생에 끝까지 살아야 하는 의미

아! 내 뗄 수 없는 피붙이

천 년이 흘러도 저 하늘 황금빛 집에서

따뜻한 밥만 먹여주고 싶은, 내! 작은 고래들

평생 행복한 기적으로 끌어안아

아름다운 것만 보여주고, 아름다운 글귀를 읽어주고

희망을 얘기해 주고 싶은 내! 작은 고래들

이 예쁜 고래들을 내가 이 세상에서, 만난 것, 만으로

아! 내 삶은 위대한 축복!

내 작은 고래가 우는 모습만은 상상할 수도 없지!

아! 뗄 수 없는 피붙이가 내게 있지!

너무 아픈 눈물이 날 때는 눈이 따가워지고
숨도 쉬어지지 않고, 내가 쓴 눈물이 돼

그 순간, 내 등 뒤에서
한 하늘을 한강을 나비구름을 길게
뻗어 받쳐주는 한 나무가
내 뒷목을 서걱서걱 잡아주더라
바다 위에 암울만 버려주고
왕성해진 이념만 건져 주더라
나무는 이리 한자리에서 오랜 시간을,
아무것도 말하지 아니하며 버티고 있었구나!
깨달음으로 지그시 바라보니 한 나무가
보잘것없는 나를, 격려해주더라
사람에게 미안하지 않게
하늘에게 미안하지 않게
나무에게 미안하지 않게

내 심장의 중심, 마지막 친구에게

열심히 살아야겠더라

있잖아!

이생에서 내 피붙이들, 내 작은 고래와 만난 건
그것은 아름다운 감동을 안는
사랑스런 무지개가 만져지는 일이야

소중한 의미가 나를 지배하며
부드러운 방식으로
행복한 추억을 매일 뿌려주며
뇌 속으로 가슴속으로

곱게 물든 가을 색깔로
즐거운 사진첩이 만들어지는 일이야

특별한 기쁨의 샘물이 흐르게 되고
뇌 속으로 가슴속으로
영적인 힘이 생겨나는 일이야
내 인생에, 마침내 희극의 딱지가 붙어 다니면서
자동적으로 인생이 아름다운 문이 열리는 일이야

자신의 고투를 이해하며 영성이 깊어지는 한 나무도
환희의 목도가 성장해 나가는 꿈을 쫓는 한 나무도
자신의 결정과 판단에 따라 모양을 바꾸더라

이젠 난 한강을 희망으로 뭉쳐
무거워진 머리를 치켜들고, 다시 웃기 위해서 걸어
언제나처럼, 난 내 피붙이, 내 행복에게로
마중을 나갈 거야
스스로 외롭기를 자청한 퇴행은 어리석어
이슬 먹고, 싱그럽게 물든 서쪽 새벽, 을

바라보며, 다짐하며, 고요히 말할게

침울한 시간은 깨우지 말자
어깨를 활짝 펴고 씩씩한 시간을 걷자
소중한 빛으로 엮어지는 인생이길 바래
'생은 사랑만이 확실한 명답' 일거야

"결혼을 해, 결혼을 해."

이번 가을에는 더 슬프지 않게
이번 가을에는 더 아프지 않게

이번 생에서는 더 울지 않게
이번 생에서는 더 울지 않게

195
내 심장의 중심, 마지막 친구에게

겨울 나라의 그림자 인형,
엘리스의 시간 여행

침묵으로 추락한 허공의 세계에
끝이 없을 것 같은 겨울 나라가 있다
공간이 휘어지는 방대한 무대 안에서는
복잡하고 오묘한 내부 터널 속에서는
먹물 묻어나는 입으로 섞어지며
전신 침묵의 끈으로 얽혀지며
알 수 없는 원형궤도를 따라
가끔은 냉소적인 웃음을 건네기도 하는 그림자 인형들이
산다

빛이 멀어지는 적막한 세계의 바닥에는
'빙하 주의보' '빙하 주의보'가 깔려진다
성에 낀 눈으로 빛 한줄기 떼어먹지 못한 엘리스란
그림자 인형은 생각한다
"신이 지구를 사랑하셨기에 지구 곁에 태양을 가까이 두셨어,
나는 내 운명을 주의보 따위로 경정하지 않을 거야.

반지름과 질량이 마이너스인 행성이 아니라

모든 답을 아는 음악의 늪, 블랙홀 속으로 가야겠어.

봄의 세계가 오는 답이 있을 거야."

깊숙한 모래 속을 파고들어 가니

광명체로 쏟아지는 거대한 피라미드처럼 생긴

신기한 문명 세계에 엘리스는 도달한다

정체를 알 수 없는 상형문자로 찍힌 다중의 공간,

· 점이론 공간이 있었다. 아무런 진리도 아무런 차원도 가

지고 있지 않았다

~ 끈 이론 공간, 예쁜 조개껍질이 발에 채워 오며

흔들리는 다리가 놓여있는 공간이었다

* 신비의 이론의 공간,

아무 문제도 전혀 발견할 수가 없었다

아무 답도 전혀 발견할 수가 없었다

() 결정론의 공간,

엄청난 속도로 과거와 미래를 팽창시키고 있었다

내 심장의 중심, 마지막 친구에게

마술 고리로 얽힌 시간 여행의 방들을 통과하니

연속적으로 회전하는 굉장한 굴곡의 늪,

엘리스는, 웜 홀에 빠져들어 가게 된다

엘리스 앞으로

모든 세계와 모든 시간을 투영하는 거울이 생겨난다

그 거울들은 자신이 바라보는 그 무엇이 존재할 때만

존재했다

엘리스가 바라보는 눈빛에 따라

모양을 바꾸는 거울들

엘리스는 고스란히 자신을 닮은 거울에게 묻는다

봄의 세계는 어디 있지?

거울 안에서 말을 하는 엘리스의 모습으로 거울이 말한다

"너와 누군가가 자주 지나다니며 따뜻한 소통을 나누었던 길

그 길을 따라가면 봄의 세계야."

(단순하면서도) 당연한 귀결에 엘리스는 웃는다

거울은 엘리스가 돌아가야 하는 세계의 문을 활짝 열어

놓고

웃으며 배웅한다

신비한 시간의 여행에서 엘리스는

좋은 의미를 밝힐 때 반짝이는 물질들이 생겨난다는

원리를 알게 되었다

엘리스는 그 의미를 닦아내서

마주하게 되기도 하고

지나치게 되기도 하는

그림자 인형들에게 소리 내어 따뜻이 인사를 한다

묵묵히 쭈그리고 앉아있던 그림자인형들도

소리 내어 웃으며 인사를 건네 온다

오고 가는 마음의 대화는

온화한 화실 속에 피우는 꽃처럼

조화로운 향

무한한 생명력으로 커져가는 사랑의 대화는

그늘진 곳, 잠김 문을 스르르 열리게 한다

침묵으로 눌린 차가운 공기들은 사라졌다
'빙하 주의보'는 해제되었다
겨울 나라의 그림자 엘리스 인형은
불멸로 쏟아지는 빛과 마주하는 공간 안에서
빵빵해진 웃음으로 살과 뼈로 빛과 동행한다

완전한 사랑은

완전한 사랑은

우는 영혼과 웃는 영혼의

가슴속에서

푸르른 우주의 빛의 선한 인연으로

애틋하게 서로를 쉬임없이 끌어안고

진실하게 끊임없이 요동치는

사랑의 숨결 속에서

영원히 존재한다

내 심장의 중심, 마지막 친구에게

색채 이론으로 풀어보는
영혼에 비를 맞아야 하는 이유

어둔 파랑을 칠한 베를린 장벽 같은 벽 사이로
타협하지 않는 갈등, 좌절,
마침내 평화의 분석으로 얽혀
운명을 거스르는 시계 바퀴처럼
위로, 아래로 뒤바뀌며
강한 생명력을 전설로 남기는 담쟁이 넝쿨

따뜻한 교향곡을 불러주며
두꺼운 어둠을 비추는
절대 깨지지 않는 심장을 지닌, 달빛

푸른 불꽃을 터트리지 못해도
누르면 터질 것 같은
눈물을 달고 떨어지는 별똥 비

자신보다 천 배나 무거운

눈물을 달고 있는 별똥 비는

부술 수 없으면

들어 올리려는 원리로 떨어지는 것일까?

포기할 수 없으면

자신이 꿈이 되는 정신으로 떨어지는 것일까?

부서지면 안 된다는

자신의 이념을 포기한 까닭일까?

인생사의 모든 갈등은 물의 원폭을 받아야

피드백되어 정지된 감정이 살아나는 것일까?

빛의 화가 르누아르는 알았겠지!

오렌지색의 명도를 낮추면

갈색이 된다는 것을

갈색은 초록색의 보호색으로 자리한다는 것을

내 심장의 중심, 마지막 친구에게

어두운 대상은 작게 보이고
밝은 대상은 크게 보인다는 것을
하나의 색상만 들여다보면
모든 감각은 저절로 균형감을 가지고
보색 관계로 내부 전체로 그 빛이 흘러
자신의 필연적인 빛으로 존재한다는 것을

인간관계 또한 빛의 법칙처럼
내가 가지고 있는 빛의 성질과
상대방의 고유의 빛에 따라
명도를 낮추어 대할 때
조화롭게 융화되는 것일까?

인간도, 때론
영혼에 비를 맞아야 하는 이유일까?

천생인연으로만, 유위전변有爲轉變

누구에게나 마음 안에 마술 피리가 있지요
애지중지 아껴 둔 마술피리에는
아무런 곡조의 흐름이 없지요

그 어디에서도
그대 없이는 편치 않은 삶

믿음으로 뭉쳐진 뿌리에서는 새싹이 돋아나지요
아름다운 마음이
아름다운 인연을 몰고 오지요

별빛을 지글지글 구워서 만든 웃음이 아닌
온전히 내 안의 빛을 찾아
비추어주는 정다운 행복으로

내 심장의 중심, 마지막 친구에게

지금껏,
살아왔던 날들 보다
사랑했던 날들 보다

넓어진 마음으로
사랑의 나침반의 동요가
하나로 통일되는 펼쳐진 사랑 길을 걷기로 해요

정성 어린 순수한 마음의 지성의 자리에
신들의 축복도 도착하지요

봄이 오네요
목련꽃들은 동그란 웃음으로 피어나며
구름 입술을 내밀겠지요

다정함이 사랑의 미덕이란 것을
알고 피어나는 목련꽃처럼

누구에게도 상처 주지 않고
누구에게도 눈물 주지 않고

서로의 정다운 행복이 되자 했던
따뜻한 온기로 그려낸 언약
잊지 않기로 해요

당신은 그 사랑을 아시나요?

당신은 그 사랑을 아시나요? 이 세상에
사랑만이 후회가 없는 것, 이라 말하지 말아요

당신은 그 사랑을 아시나요?
저는 후회하는 그 사랑을 알아요

조금 더 많이 그 사랑 바라보며
웃어주지 못해 후회하죠

조금 더 많이 그 사랑 지켜주며
행복하게 해 주지 못해 후회하죠

제 사랑은 보고 또 봐도 그립죠!
제 사랑은 사랑할수록 더 깊이 빠져들죠!

조금 전보다 더 사랑하죠!
조금 전보다 더 보고 싶죠!

당신은 그 사람을 아시나요?
우리네 삶은 영원하지 않기에
이토록 애절한 마음 아시나요?

그 사람이 행복하기만 바라는
이토록 간절한 마음 아시나요?

자기 자신보다 소중한 사람이 있다는 것이
얼마나 눈부시게 아름다운 노래로 가득한
찬란한 행복을 만들어 주는지 아시나요?

그 사람에게만은 최고의 사랑을 드리고 싶지요
그 사람에게만은 최고의 행복을 드리고 싶지요

내 심장의 중심, 마지막 친구에게

제 심장은 늘, 그 사람을
조금 전보다 더 사랑하죠!
조금 전보다 더 보고 싶죠!
조금 전보다 더 그 사람을 행복하게 해주고 싶지요!

조금 더 사랑해주지 못해서
슬픈 후회하는 그런 사랑을 아시나요?

조금 더 행복하게 해주지 못해서
아픈 후회하는 그런 사랑을 아시나요?

당신은 그 사랑을 아시나요? 이 세상에
'그 사람만은 후회하지 않는다'라고 말하고 싶지요

당신은, 그 사랑이
당신이란, 것을 아시나요?

당신은, 그 사람이

당신이란, 것을 아시나요?

내 심장의 중심, 마지막 친구에게

빨리 가려면 혼자 가고, 멀리 가려면
함께 가라 (아프리카 속담)
사막 위를 걷더라도, 자신의 영혼이 잘 따라오는지 돌아봐
준다 한다

친구는 영혼의 메아리를 주고, 받는 사람이다
서로의 그림자에게서 하늘 냄새를 맡는 사람이다

끝까지 마지막 페이지 좀 읽어봐!

태풍에 떠밀려온 고래와

푸른꽃이 손을 잡고 있어

신기하리 웃기지 않아?

그 어떤 어려운 순간이 와도

웃음을 잃지 말란 말야

한 번 다시! 웃다 보면

만 번 역시! 행복해지는 날이 온단 말야

불이 꺼질 때까지 마지막 페이지 좀 담아봐!

세상을 생각처럼 살 수는 없어도

아름답게 살 수는 있어

끝까지 행복한 꿈을 향해 하얀 날개를 펼쳐봐!

내 심장의 중심, 마지막 친구에게

심장의 중심으로 바라볼 때
고통을 심장 밖으로 던져 버릴 수가 있다
아름다움은 애써 기억하며 담아내려 하지 않아도
오랫동안 고마운 행복으로
소중한 빛을 남기게 된다

심장의 중심으로 바라볼 때
사랑의 한 페이지는
아름다운 사랑 빛으로 가득 차오른
전부의 인생이 되는 완성된 페이지가 된다

르누아르는 인상주의자답게 원색으로 화면을 구성하여 빛을 받는 하늘과 강물의 변화하는 순간을 포착하려 하였다. 이 작품에는 푸른색과 밝은 베이지, 그리고 선명한 녹색을 사용하면서도 무언가 서글프며 서정적인 분위기를 풍긴다. 붓 터치는 뭉개듯이 부드럽게 이어져 있으며 하늘의 대기는 그가 존경했던 티치아노(Tiziano Vecelli)의 하늘처럼 마치 여신이 강림할 것을 기다리는 듯이 환상적으로 표현되어 있다. 주로 인물화를 그린 그의 작업 성향을 볼 때, 이 풍경화는 그의 인상주의자적인 면모를 볼 수 있는 귀중한 작품이다.그는 선명한 보색 대비를 통해 자신만의 화려한 색채를 보여주고 있다. 그는 화면의 오른쪽 강가에 이젤을 펴놓고 왼편으로 센 강을 바라보며 이 풍경화를 그린 듯이 보인다. 풍경화에서 아련한 그리움과 서글픔이 묻어나오는 것은 아마 시기적으로 힘들고 고난했던 화가의 심정과 르누아르 특유의 세밀한 감수성이 복합적으로 묻어나오기 때문이 아닐까 싶다.

내 심장의 중심, 마지막 친구에게